文春文庫

あのころ、早稲田で

中野　翠

文藝春秋

あのころ、早稲田で

目次

プロローグ

六〇年代というトンネル　10
立派な左翼になりたくて　14
ベビーブーマー第一陣　15
ユリイカ！　19
キューポラのある街　23

1965年

男子校に乱入？　28
平野謙の初授業　30
「都の西北」はテレくさい　33
いざ「社研」へ　35
タバコ美人　41
さっそくオルグが　44
心のトゲ　49
つかのまの平穏　52
文研の「マウンティング」　54

早大闘争百五十日間　60

1966年

全学ストライキ　68
バリケードの中で　71
8の字のように　75
戦争を知らない子どもたち　79
忘れ難い二人　86
深夜のお散歩事件　97
連合赤軍事件　101
女友だち、男友だち　106
ビートルズ、そしてGS　114
ひとり映画　116
「ガロ」に夢中　120

1967年

わたしの駒よ、はやるな　124

コム・デ・ギャルソン論争 127
社研ノート 131
桜姫・ATG・つげマンガ 136
若者の街・新宿 145
詩集「BUBO」 147
初のひとり旅 149
宙ぶらりんになりたい 152
ナップザックの女 153

1968年

一九六八年は晴れ着で明けた 164
安田トリデの攻防戦 165
風貌で見る大学闘争のリーダーたち 167
早稲田文芸新聞 168
全共闘の広がり 171
『ねじ式』ショック 173
『ドグラ・マグラ』ショック 175

昭和元禄の中で 178
就職戦線サッサと脱落 184
二大自己顕示 192
ハデな一年 196
ウェイトレスもラクじゃない 199
やっぱりTVっ子 200
GS花ざかり 205

後日談いくつか

社研同窓会 210
いい話があるんだ…… 215
戦後最大の誤植事件？ 218
闘士たち 220

エピローグ 半世紀後の早稲田へ 232

あとがき 240

対談 **あのころ、早稲田で何してた？** ゲスト **呉智英** 245

扉・本文イラスト　中野　翠
図表製作　上楽　藍

あのころ、早稲田で

プロローグ

六〇年代というトンネル

いつのことだったか、ある雑誌のコラムで作家・村上春樹が時代というものを一本のトンネルのように見立てて、

「六〇年代の入口と出口では全然違う」

と書いていた。

そうなんだよねー、と私はうなずいた。六〇年代というのは、時代の空気というか風景というか肌ざわりというか、そんなものが一変した十年《ディケイド》だったと思う。

極端な言い方になってしまうが、私の感覚だけを頼りにして言うと、六〇年代の入口は小春日和、出口は嵐——という印象なのだった。

それはもしかして、私も村上春樹（私より二学年下）も六〇年代前半を「子ども」

として体験したせいもあるのかもしれない。

あとで思えば一九六〇年の日米安保条約改定は日米関係の重大な歴史的転換で、当時の総理大臣・岸信介の豪腕によるところが大きかったのだが、私たち子どもはそんなことはわからず、「国会をハダシで歩いた男、だーれだ？」「岸首相！」「そう、（出っ歯で）歯出しだから！」などと言って笑っていたのだった。

岸信介は先の戦争指導の中核にいて、A級戦犯被疑者として三年半勾留されたものの、無罪放免されている。一九五五年、自民党の初代幹事長に。そして、五七年に内閣総理大臣に。就任三年後の六〇年安保反対闘争にはダーティな組織まで利用して、力ずくで押し切った。

大批判を受ける中で、岸は「国会周辺は騒がしいが、銀座や後楽園球場はいつも通りにぎわっている。私にはそういう人たちの〝声なき声〟が聞こえる」と豪語。その発言はメディアで盛んに報じられ、「声なき声」は一種の流行語になった。岸は、いわゆる「サイレント・マジョリティ」の存在を信じたのだ（のちに岸は「昭和の妖怪」と呼ばれるようになった。私が大学に入った時は弟の佐藤栄作が首相で結局八年近くの長期政権になった。今の安倍首相は岸の孫にあたるが、妖怪味はゼロですね。

いいんだか悪いんだか)。

そんな六〇年代前半の最後にあたる一九六四年の十月一日には東海道新幹線が開業した。そして、同じ月の十日には、東京オリンピックの開会式があった。それは「戦後復興」「所得倍増計画」「高度経済成長」などの掛け声のもと、何はともあれ貧困からの脱却を——という道をひた走ってきた日本の、巨大な打ち上げ花火のようなものだった。私は高校三年生になっていた。

もちろん六〇年代前半だって貧富の差は大きかったし、凶悪犯罪や六〇年安保条約反対デモ(これで東大生・樺美智子《かんばみちこ》さんが圧死した)や政治テロ(子ども心にも特にショッキングだったのが一九六〇年の秋に起きた社会党の委員長・浅沼稲次郎の暗殺事件だ。当時十七歳の右翼少年・山口二矢《おとや》が、私たち子どもにも人気があった浅沼稲次郎を聴衆の前で短刀〈脇差状のもの〉で刺殺した。山口少年は裁判を待たず、東京少年鑑別所内で「七生報国　天皇陛下万才」という遺書を残して首吊り自殺した)などがあり、騒然となってはいたのだ。

そんな事件の数々がありながらも大人たちの間には戦争からの解放感と経済成長への意欲があった。よくも悪くも「前向き」だった。戦後生まれの私たち子どもの間では「何だかよくわからないけれど、どんどん生活が便利に豊かになってゆく」という実感があった。

要するに大人も子どもも、浅薄な形であったにしても「アメリカに追いつけ、追いこせ」的な「前向き」の明るさがあった。小学生時代から野球好き＝巨人好き＝長嶋好きだった私としては、五九年に王が入団し、「ＯＮ砲」が成立してわくわく。子どもの好きなものとして「巨人・大鵬・卵焼き」と言われるようになった——というのも、六〇年代前半の明るさの象徴だったように思える。

そんな時代背景の中で、私は一九六五（昭和四十）年の春、早稲田大学第一政経学部経済学科に入学した。六〇年代というトンネルのまんなかに当たる、変わり目の年に、私は大学生になったのだ。

読者の中には「えっ⁉　なんで文学部ではなく政経学部に⁉」と疑問を抱く人もいるだろう。実際、私自身も入学後そうそうに「ああ、文学部にしておけばよかったのに」と後悔した。文学部も合格していたので、二年生の頃だったかな、転部の手続きをしてみたら、書類不備ということでアッサリ突き返されてしまった。昔から私は粗《そ》忽《こつ》で事務的作業（？）が苦手なのだった。文学部に転部するのはサッサとあきらめて、最低ラインで政経学部を卒業した。そんなわけで、私の略歴に政経学部卒とあるのを見ると、何だか経歴詐称しているかのような、やましい気分になってしまう。

立派な左翼になりたくて

高三の時、政経学部の経済学科を選んだ理由は、左翼気分からだった。子どもの頃から右翼の人たちには嫌悪感と恐怖感を持っていた。両親も祖父母も決してイデオロギッシュではなかった。ごくごく常識的で、どちらかと言えば保守的だったように思う。選挙の時には母は社会党に投票していたけれど、べつだん信念があるようには思えなかった。

それなのに私は小学生時代から「日本やイギリスは皇室とか王室があるから貧乏なんだあ」と言って親を失笑させたり、学校の先生から「近くの国道を皇太子殿下（現在の上皇）のお車が通るので各自、日の丸の小旗を作って沿道で振るように」と言われても「ばかばかしい」とばかりに従わなかった。

今にして思えば私は「戦後民主主義教育」の変種の優等生なのだった。民主主義というのをまっすぐに信じていた。「天皇陛下万歳！」と言って勝ち目のない戦争に突っ込んでいった大人たちの気持がどうにも理解できなかった。

五八年（当時、私は小学六年生か）に正田美智子さんが皇太子妃に決まり、空前の「ミッチーブーム」が湧き起こった。「ミッチー」はいかにも聡明そうで、健《すこ》やかな美貌だった。「見た目」に弱い私の心は、グラッと揺れた。好感をもたずにはいられなかった。正田家の家族写真にもグラッときた。品格のある美貌のお母様や美青年の弟。とどめをさしたのは背後に写っていたマントルピースですね。西洋カブレの私にとっては憧れのマントルピース！　さすが東京の上流家庭。皇室に対する気持が、これでいくぶんか軟化したのは事実だったと思う。

ベビーブーマー第一陣

私は戦後ベビーブーマーの第一陣だった。一年生として最初に入学した小学校は、国道を渡ったところにあった。戦前からのものと思える古い木造二階建てで、校庭には二宮金次郎（タキギを背負って本を読んでいる）の銅像があって、幹の太い立派な桜の樹が何本も植わっていた。入学式の時はちょうどその花ざかりだった。

とにかく児童数が多かった。教室に入り切れず、二部授業とか、廊下に集団で座らされての授業とかがあったりして落ち着かなかった。担任の先生もおばちゃん（といっても四十代くらいだったのだろう）で、何となくなじめなかった。

道端にコスモスが咲き乱れていたから、あれは一年生の十月頃だったのだろう。国道の内側（駅や商店街に近い地域）に住んでいる子たちだけ、一年生から六年生まで集められて、集団で新しくできた小学校にゾロゾロと連れて行かれた。もう一つ別の、さらに駅に近い小学校からも一年生から六年生まで集団で転校してきた。

要するにベビーブーマーに対応して急造された小学校が、十月になってようやっと完成したというわけなのだった。私も、四歳上の兄もその小学校の第一期生ということになったのだった。

校舎はサーモンピンクのようなベージュのようなヘンな色のモルタルの、ストンと四角くシンプルなものが二棟あるだけだった。校庭の遊具も植え込みも貧弱だったけれど、なぜか私は「あっ、これは私の学校だ」とうれしく感じた。先生たちも若い人ばかりだったせいかもしれない。

話は脱線してゆくのだが、サラリーマン家庭の子（私もその一人）と商店街の子が混合している中で、成績はともかく、遊びやイタズラのイニシアティブを握っていたのは断然、商店街の子たちだった。

小学校の四、五年生の頃だったと思う。大人の世界では「三悪追放」キャンペーンというのが起きていた。おもに売春を取り締まる運動だったと思う。それを聞きかじって、クラスのイタズラっ子三人が「三悪」と自称してはしゃいでいた。三人とも商店街の子たちだった。そのうちの一人W君は本格的なワル（なんとかいう施設に入っていたという噂）だったらしく、途中から転校してきて、私の真後ろの席に座っていたのだが、ポニーテールに結っていた私の髪を引っ張ったり、私のイスをガタガタ揺らしたりするので、そのたびケンカになった。私の母のことは「中野んちのババア」と言っていた。新しく転校してきた女の子をいじめているのもイヤで、熱血少年マンガの正義派ヒーローにすっかり洗脳されていた私はW君に文句を言ったりもした。

担任教師は見てないようで、ちゃんと見ていた。ある日、クラス全員の前で「この中で正義感があるのは中野だけだ」と言われてしまい、なぜか泣き出したいほど恥ずかしかった。妙に孤立したようで。「三悪」の男の子たちには「正義感！」と言われてからかわれた。

六年生のお正月、W君から年賀状が届いたので、休み明けに他の悪友がいる前で「年賀状ありがとう」と御礼を言ったのは、(あとで気づいたことだが)まずかった。W君に恥をかかせたようなものだから。

W君とは同じ中学に進学したのだが、二年生の頃だったかな、ある日忽然《こつぜん》と姿を消した。不良少年の施設に入れられたという噂だった。私はいまだにW君がそんなに悪い子だったとは思えない。妙に懐かしい。ちょっとだけ会いたい。

中学校ではバスケットボール部に入ったのだけれど、才能の無さにガックリ。三年生になってバスケットはあきらめて新聞部に入ってみた。部員は少なかったので、自動的に私が部長ということになった。顧問のS先生は、大学を出たてだったか一年経っていたか、とにかく若い女の先生(国語担当)で下級生を担任していた。教師と生徒という関係で、こう言うのもナンだが、S先生とは大いに気が合った。好きな映画の話、本の話、音楽の話、社会の話……。当時、川崎の小学校の教諭だった阿部進(通称カバゴン)が書いた『現代子ども気質』(新評論、三一新書)という本が大ヒット。私たちベビーブーマーは「現代っ子」と呼ばれた。S先生から、その本の感想を求められたこともあった。

高校（女子高）に進学しても、S先生の家（高校の近くにあった）に寄ったり、しばしば手紙を書いたりしていた。『足ながおじさん』の少女ジュディのごとくフザケたイラスト入りの手紙で。

S先生との会話や手紙のやりとりの中で、やっと知ったことだが、S先生は大学時代に六〇年安保反対闘争の渦中にあって、集会やデモに参加していたのだった。つまり左翼。それでも共産党員でもシンパ（同調者）でもなかった。そうか、左翼でもいろいろな流派（？）があるのね、と知った。S先生はそんな左翼仲間と時どき読書会だか意見交換の集まりをしているようだった。図書新聞だったか日本読書新聞だったか忘れたが、S先生が執筆した教育論の文章が掲載されていたこともあった。

ユリイカ！

高校時代は二年の時にクラス替えがあったのにもかかわらず、担任教師は三年間N先生（女の社会科担当教師、母と同世代）だった。共産党員ではないかもしれないがシンパであることは歴然としていた。「女の自立」というのを力説していた。専業主婦ではない自分に強い誇りを持っているようだった。

　私が大の苦手としていた数学を担当していたM先生（女性）は一家をあげての共産党員だった。短い髪に地味なズボン姿、なおかつ男っぽい話し方。一見、男か女か判別できない風貌だった。だから、ある夏の日、M先生がスカート（こまかくヒダの入った、いわゆるエバープリーツスカート）をはいて登校した日には、「M先生がスカートはいて来た！」というニュースが校内を駆けめぐった。

　M先生が授業中に政治的な話をすることはまったく無かったけれど、夫なる人が市議会議員選挙に立候補したりしていた。

　思想的影響というのは、案外、人柄（こまかく言うと人間や社会に対する感受性のありかた）によるところが大きいと思う。まず人柄に惹《ひ》かれ、そしてそれを支える思想へと惹かれてゆくように思う。私は担任のN先生にも、数学のM先生にもまったく影響を受けなかった。決して嫌いではなかったけれど、関心をかきたてられることもなく、醒《さ》めた目で見ていた。

　高三の夏頃から、私はS先生の左翼グループのメンバーとも自然と知り合うようになった。教師や編集者が中心のようだったが、S先生は、あえて集まりに誘うようなことはなかった。私は勝手に、『共産党宣言』（カール・マルクス、フリードリヒ・エンゲルス共著）や『フォイエルバッハ論』（エンゲルス著）を読み始めた。私には難解だったけれど、人間社会のありかたの秘密や歴史の変化のおおもとになっている法則性が説き明かされてゆくような手ごたえを感じた。『空想から科学へ』（エンゲルス著）を読み始め、たどたどしく読んでいるうちに、何と言ったらいいのだろう、「ユリイカ！（私は見つけた！）」といった気分に襲われた。いつしか窓の外は白々と明けていた。

きちんとした左翼になるには、まず経済システムについて学ばなくてはならないなとも思った。経済のしくみこそが、その社会や時代や文化や思想を形作るものだから――とも思った。いわゆる「下部構造決定論」的な考え方に傾いたのだった。そんなわけで、大学に入ったら経済について勉強しようと思うようになったのだけれど……。

悲しいかな、いざ大学の政経学部に入ってみたら、私の頭は全然、まるっきり、とことん、それ向き（経済研究者向き）に出来ていないことを思い知らされるのだった。大学はマルクス経済学ではなくて近代経済学だったしね。ついつい授業をサボるようになってしまった。サッサと劣等生。試験は作文能力で何とかしのいだので、不可にはならないで済んだものの。

同じ高三の時だったと思う。隣の席のAさんから、「これ、感動的な本なのよ、ぜひ読んでみて。泣いてしまうから」とすすめられたのが、『愛と死をみつめて』（大和書房）だった。

難病におかされた女の人と最後まで彼女を愛し抜く男の人の書簡集だということは知っていたので、何と言ったか忘れたが、やんわりと断ってしまった。どういう因果か、私は難病物とか「泣ける話」が苦手なのだった。たぶん根本的に気が弱いせいだと思う。人の不幸を（同情的な形であるにせよ）すんなりとは楽しめないのだ。うしろめたさまで感じてしまう。その『愛と死をみつめて』はベストセラーになり、吉永小百合主演で映画化されて大ヒットした。

私は子どもの頃から圧倒的に「お笑い」のほうが好きだった。テレビ草創期の「のり平のテレビ千一夜」「のり平喜劇教室」とか「おいらの町」とか「ありちゃん（有島一郎）のおかっぱ侍」とかフランキー堺一家出演の「わが輩ははなばな氏」とか落語ネタをドラマ化した「落劇」とか。軒並み、見ていた。

キューポラのある街

余談だが、私が進学した女子高は、吉永小百合主演の『キューポラのある街』（六二年）に数分だが登場する。

吉永小百合扮する中三の少女ジュンは埼玉県川口市（私が住んでいた浦和から電車で四駅離れたところ）の鋳物《いもの》職人の娘で、高校に進学したいのだが、貧しさゆえに就職して定時制で学び続けることを決意する……という話で、進学したかった高校をそっと訪ねる場面に我が母校が数分映るのだ。まだ旧校舎だった頃（私が一年生の時に新校舎になった）。ジュンは校門からソッと古びた校舎と校庭を眺める。せつない場面なのだけれど、当時の女生徒たちが、ちょうちんブルマーで体操しているシーンに私は（心の中でだが）大笑い。うーん、私が入学した頃でもこんなふうだったかも……と。私は、ちょうちんブルマーの古くささを憎んでいて、洋品店で紺のショートパンツを探し出して穿《は》いていたのだけれど。今思うと、あのちょうちんブルマー、妙にかわいらしく感じられる。

『キューポラのある街』は、アイドルだった吉永小百合が本格的女優として認められた映画になった。私は大人になってから、この映画を観たのだけれど、確かに吉永小百合の生真面目さや健やかさがキラキラと輝く好演だった。

この『キューポラのある街』は、六〇年代の在日朝鮮人の北朝鮮帰還問題に触れられているのも、今にして思えば、興味深い。六〇年代当時は北朝鮮は成功した社会主義国家のように宣伝されていた（実際、その頃は比較的豊かだったらしい。日本の統治時代に工業化していたこともあって）。日本のマスメディアの多くもそれに乗っかっていた、と思う。

多くの在日朝鮮人が夢を抱いて帰国船に乗ったのだった。私は、中学時代の女友だち（両親は共産党のシンパ）に誘われて、共産党系の日本人監督による北朝鮮のドキュメンタリー映画『千里馬《チョンリマ》』を観たのだけれど……私がおぼえているのは市場に豚の頭がドンと飾られているのを見てギョッとしたことだけ。北朝鮮讃美の映画だったという印象。

その後、七〇年代にはいると「よど号ハイジャック事件」が起きた。赤軍派を名乗る九人が日本航空の旅客機「よど号」をハイジャックして北朝鮮に亡命した。つまり、今では信じられないほど、北朝鮮は美化されていたのだった。北朝鮮の経済破綻が知られるようになったのは七〇年代後半からだろうか。とにかく私が大学にいた頃は、北朝鮮の破綻は露《あら》わになっていなかった。ロシア革命からたかだか（と今は思う）半世紀、中華人民共和国の成立から二十年くらいしか経っていなかったのだ。まだまだ、社会主義国家に対する幻想があった。そういった事情も当時の左翼学生を過激化させた一因になっていたように思う。

高校卒業間際。授業態度が悪く、ヒジをつくことが多かったので、制服の左ヒジが擦れていた

大学1年の夏休み。親友K子と信州の学生村に。宿は普通の民家。他の宿から男子2人がナンパ（?）にやってきたが、私たちの無愛想さに呆れて退散

東京外国語大学の学園祭に。私がチビなのではなく、K子（中央左）がノッポなのだ！　この時だったか、ロシア語学科主催の上映会でソ連映画『小犬をつれた貴婦人』（1959年）を観て、主演のアレクセイ・バターロフにシビレた

1965年

男子校に乱入？

高校に入学した時は「女子高なんて」という気持もあったのだけれど、女友だちに恵まれ、面白おかしく過ごすことができた。生来のお調子者、全開。今でも同窓会で会うと完全に女子気分に戻ってしまう。

それがいきなり大学では男子校みたいなところに入ってしまったのだ。今では政経学部でも女子はそんなに珍しいものではなくなったようだけれど、六五年当時の政経学部は確か学部全体で女子は十人いるかいないか、という感じだったと思う。私が入ったクラスでは幸いもう一人、Sさんという、人柄もいい垢抜けた美人がいてくれたのでホッとしたのだけれど。女子はゼロというクラスも多かったんじゃないかと思う。とにかく、学部の女子トイレは一つだけだった。

どういういきさつで決まったのか全然わからなかったが、クラス委員は長身で大人びた雰囲気の茶谷幸治君（大阪出身）と、人なつこい笑顔の丹野清和君（福島出身）

だった。

一クラス四十人くらいだったろうか。まずは自己紹介から始まった。私は何をしゃべったか、まったく記憶なし。八反田君という学生が笑顔で「ハッタンダと言います。高校時代はヤッタンダと呼ばれてました」と言ったのがおかしかった。おぼえているのはそれくらい。

もうその頃はアイビーファッション（その象徴は銀座みゆき族と創刊直後の雑誌「平凡パンチ」）がはやっていたので、黒の学生服姿は少なくなっていたと思う。カジュアルなジャケットに黒のパンツ、というのが主流だったと思う（大学後半からはコットンパンツやジーンズも）。それが私の気持を楽にした。黒の学生服ばかりだったら、いかにも男子校に乱入という感じで、心細く思っただろう。私は入学当初は赤のウールのブレザーにチェックか何かのセミタイトスカート、あるいはプリーツスカート。夏はシフトドレスとか言って、ストンとしたシルエットのワンピースがはやっていた。スカート丈はやや短めになっていた。「ミニの女王」ツイッギーが来日したのは二年後の六七年。これでファッションは激変。私の入学時と卒業時では、スカート丈は一〇センチくらい短くなっていたはずだ。

平野謙の初授業

さて話は戻る。一般教養の選択科目になっていた生物の授業に出たら、教授がいきなり「みなさんは花を見て、キレイだの何だのと言うけれど、あれは植物における性器なんですよね」と言った。男子たちが笑う中で、ウブな（？）私は反射的に隣に座っていた女子学生に「イヤだわ」と呟いてしまった。そうしたら彼女は薄く笑いながら、「あなた、女子高だったんでしょ」と言った。図星《ずぼし》というやつだ。自分の幼稚さに（頭の中でだが）舌打ちが出た。

この生物の先生、実は案外いい人で、どういうなりゆきでだったかは忘れたけれど、何度目かの授業のあと、学生たち数名（私も含む）を大隈会館のティールームに誘ってくれた。もちろん先生のオゴリで。どんな雑談をしたのかも先生の名前もすっかり忘れてしまったけれど。岡田茉莉子の大ファンだったということだけはおぼえている。

忘れようにも忘れられないのが、平野謙（当時、第一線にあった文芸評論家）の「文学論」の授業だ。テキストは自著の『昭和文学史』（筑摩叢書）。

平野謙は帝大（＝東大）出身で何と言っても端正な顔立ちの人だったので、高校時代から少しばかりだが愛読していた。アコガレの平野謙の授業が受けられるというのがうれしく、私は最前列の入口寄りに座って、わくわくしながら登場を待っていた。

ところが……やがて現れた平野謙は、私のほうをチラッと見て、席につくなり、開口一番、こう言ったのだ。

「ここにいるみんなは、大半が戦後生まれなんだなあ。うーん……。政経学部は男ばっかりだったから、私は好きだったんだ。それが女も入ってくるようになって……不愉快だ」

男子学生たちはドッと笑った。私は思いもよらない発言にビックリした。怒りではなかった。ただもう、あっけに取られたという感じだった。

数日間悩んだ。私のリスペクトの念はピシッとはねつけられてしまったわけだが、私は不愉快に思ったわけではない。ただ、ちょっと驚いただけ。これを感じよく伝えるのにはどうしたらいいのか？

それで私は一つの賭けに打って出た。次の「文学論」の講義の時、あえて最前列のまんなかの席に座ってみたのだ。目の前、もろ、平野謙――という席に。

やがて教室に入ってきた平野謙は、すぐに私に気がついて、ハッとした様子。席に座って、かすかに笑みを浮かべながらこう言った。

「いやー、私もついよけいなことを言ってしまって……。女性でも向学心があるのは結構なことです」

前回のいきさつを知っている学生も多かったのだろう。教室内には笑いが起きた。私も笑った。気がすんだ。その次の講義の時から、私は後方の目立たない席に移動した。成績はもちろん（？）「優」だった。

マンモス大学の不良学生だったのに、計量経済学の、当時若手の佐竹先生（名前のほうは失念）からはおハガキを頂いた。「もっと授業に出てらっしゃい」と。学生がゴロゴロいる中で、ちゃんと気にかけてくれているんだなぁと、ありがたく思った。それでもやっぱりサボってしまった。たぶん今は八十代だろう。健在でいらっしゃるだろうか？　礼状も出さなかったような気がする。ごめんなさい。

政経学部の事務局（？）の職員の中に、私より少し歳上らしい清楚な美人がいた。

色白で長い髪を後ろで一つにしてリボンを結んでいた。リボンの色は紺だったり深緑だったり。それを見るのが、ちょっとした楽しみだった。女の私でもそうだったのだから、男子学生たちの中でも心ときめかした人は多かったのではないかと思う。

「都の西北」はテレくさい

入学そうそう、クラスのコンパがあった。場所は高田馬場駅近辺の和食屋だったと思う。とにかくタタミの部屋だった。十人あまり参加したのではなかったか？　女は私一人だったという記憶はないので、Sさんもいっしょだったはずだ。

食事しながら、一人一人立ちあがって（私が大の苦手としている）自己紹介をしたと思う。大学一年生だから、級友の多くはまだ十八歳だった。それでもビールが出ていたような気がする。誰かが酔っぱらったという記憶はないのだけれど。

最後に、みんな立ちあがって、肩を組み合い、円陣を組んで、「都の西北」を歌った。うーん……。思いっきり学園ムードじゃないの。青春ムードじゃないの。テレくささもきわまった。この場面だけはハッキリおぼえている。

もしかすると、私が「都の西北」を歌ったのは、この一回だけなんじゃないか？

何しろ大学野球の早慶戦に一度も行ったことがないのだもの。野球好きなのだけれど、プロ野球に限定したうえでの野球好きで、高校野球にも大学野球にも、なぜか興味がなかったのだ（興味を持ったのは、子どもの頃、立教大に長嶋がいた時と、早実に斎藤佑樹がいた時だけ）。

と、ここまで書いてフッと思い出した。ずいぶん昔だけれど、親しくしていた女性編集者の結婚披露宴に招《よ》ばれた時、新郎が早大卒だったので、宴の最後に早大卒の人たちが集まって「都の西北」を歌ったのだった。やっぱり何だか恥ずかしかった。いったいなぜなんだろう。私はいちおう愛校心は持っているつもりなのだが……。

そう言えば、早慶戦となると気を利かせて休講する先生が多かった中、私が敬愛していた平野謙先生（文学論）は、ふだん時どき休講にしていたくせに、早慶戦の日には休講にしないで出てきて、何かヒトコト、早慶戦騒ぎにケチをつけるようなことを言っていたなあ。あまのじゃく。私はそういうところも好きだったのだ。平野先生は天下の東大卒で、早稲田、慶應なんて大学のうちに入らないと思っていたのかもしれないが。

いざ「社研」へ

話が前後してしまうが、入学してすぐに左翼サークル「社研」（社会科学研究会）に入部した。高三の後半頃から、大学に入ったら「社研」に入ろうと決めていたのだ。当時、「社研」と言ったら「歴研」（歴史学研究会）と共に左翼学生の巣窟というイメージだった。それは早稲田に限らず他の大学でも同様だったはずだ。

私はそういうことを、いつ、どうやって知ったのだろう？　中学時代の恩師S先生との会話を通じてだったろうか？　各大学によって「社研」を牛耳っているのはどこのセクトというのがあったと思うけれど、六五年の時点では、各大学とも後年ほどセクト色は強くなかったと思う。たまたま私の周囲には早稲田の「社研」について詳しい人がいなかったこともあり、ただもう「社研」イコール「左翼」というイメージだけ。「社研は左翼の王道でしょ」という感じ。

社研に入る決定打となったのは、たぶん、高三の時に読んだ柴田翔の小説『されどわれらが日々――』（一九六四〈昭和三十九〉年上半期芥川賞、文藝春秋、文春文庫）。これはおうおうにして六〇年安保反対闘争にまつわる挫折小説のように思われているけれど、実はそれに先立つ五五年の日本共産党第六回全国協議会（略して六全協）

における重大な方針転換によって挫折した左翼学生たち（おもに東大の歴研）の話なんですね。

五〇年代前半には共産党の指導部によって、山村《さんそん》工作隊という武装闘争も辞さない非公然組織が結成された。エリート学生たちも革命を夢みて、身分や日常生活や恋人なども捨て、農村部に活動拠点を置くようになった。

それがいきなり「六全協」で「極左冒険主義」として批判され、平和路線へと急激に転換させられたのだ。

『されどわれらが日々——』で描かれたのは「六全協」によって深い挫折感に襲われた左翼学生たちの姿だった。

当然、暗い話なのです。シリアスな話なのです。映画で言ったら、モノクロで、登場人物（若い男女）の顔がつねにハーフ・シャドウで撮られているような。とにかく、みんな苦悩している。

高三の私には「山村工作隊」の意味も「六全協」の衝撃も全然ピンと来なかったのだけれど、その暗さ、シリアスさには、軽薄な言い方になるけれど、妙に憧れてしまったのだった。

私は「お調子者」であったにもかかわらず、内心ひそかに「真摯《しんし》」という言葉にも憧れていた。ひたむきでストイックでドラマティックでもあるような人間になりたい――という気持も強く持っていたのだった。『されど……』に出てくる人たちは「真摯」そのものだった。

最近、この原稿を書くために『されど……』を読み直してみたのだけれど、心に響くものはほとんどなかった。ただ一点、セックスのことをセクスと言う女子学生が登場する場面には、おかしな懐かしさを感じたけれど（高三の時に読んで、実はこのセクスと言う女子大生のくだりが一番印象的だったのだ。俗な言い方になるが「ウケた」のだった）。

そういえば高三の時には『炎の女　伊藤野枝伝』（岩崎呉夫著、七曜社）なあんていうのも読んでいるんですよね。「泣ける話」は苦手でも、ある種の暗さ、あるいは激しさを持った読み物には惹かれていたようだ。今にして思えば……大学入学当初は、私の中の「お笑い志向」は薄れ、「シリアス志向」に切り換わっていた時期のような気がする。

とまあ、そういうわけで、当時、左翼学生の巣窟と見られていた「社研」に入った。同期では七、八人が入っただろうか。部室は学生会館（四階建て）の四階の一番奥の角部屋。ガラス窓からはすぐ近くの大隈講堂が見え、鐘の音が聴こえた。

さして広くはない部室に、「社研」と「文研」（文学研究会）が同居していた。入って右側の壁を「社研」が、左側の壁を「文研」が使っているようで、さまざまな貼り紙がピンナップされていた。中央にテーブルがあり、三方にベンチ状の木の椅子があった。十人集まったら、キツキツになるだろうという規模だった。

「社研」の部長はKさんといって、どこだったか、とにかく東北出身の四年生で、ちょっと芥川龍之介を思わせる端正な顔立ちだった。けれど顔立ちに似合わず、気取ったところが全然なく、素朴な雰囲気の人だった。

どういう事情があったのか忘れたけれど、しばらくして部長は私と同じ新入生の外池《とのいけ》佑介さんに変わった。外池さんは群馬県前橋の出身で、高校卒業後二年ほど社会運動組織で働いていたという経験をしてからの入学（教育学部）

だった。つまり私より二歳上。さすがに大人っぽかった。物静かだけれどリーダーシップが抜群にあった。すでに高校時代からの恋人マキちゃんと親密交際していた。ヒョロリとした長身で、メガネをかけていて、いつも大きなボストンバッグを持ち歩いていた。中身はセッケン、歯ブラシ、タオルなど。潔癖症なのだった。

外池さんを慕ってか、高校時代からの知り合いという男子のUさん（政経学部。私より二歳上）とI君（商学部。私と同い歳。ハヤリモノ好きで、ファッションはアイビー路線。明るくひょうきん）も入部していた。

翌年には麻布高校や湘南高校からの新入生たちが続々と加わってきたけれど、部室での読書会や、海や山での合宿（これは盛んに行なわれた。部長の外池さんがハイキング好き、自然好きだったから）の常連メンバーは外池さんグループだった。

当初（六五年春）は上級生で民青の人も一人、革マルの人も一人いた。それが次々と退部して行って、外池さんや私のようにノン・セクト（特定の党派《セクト》に属さない）の人たちのほうが多くなっていった。一学年上のFさん（政経学部、社青同解放派）と、私と同学年のK君（政経学部、中核派）はずうっと頑張って居残っていたけれど。

左翼学生の間では、どこのサークルは何派とか、誰は何派とか、どこのセクトかが重要視されていたけれど、多くの学生はまるで無関心だったと思う。少なくとも早大闘争が始まる秋頃までは、私自身にしても各セクトの違いがよくわからなかった（実はいまだにわかっていない）。どこのセクトにも入るまいと思っていたから。

どうやら各セクトの違いは、六〇年安保が一大契機になっているようだった。

全学連（全日本学生自治会総連合）が結成されたのは戦後まもなくの一九四八年。それが六〇年安保闘争時には全学連反主流派（日共系。言うまでもなく日本共産党系という意味）と主流派（反日共系）に分裂。日共系は組織力で、反日共系は激しい実力行動で安保反対運動を展開した。六一年には反主流派から構造改革派が結成され、六三年には主流派から離脱した一派が革マル派を、残った人たちは中核派を結成することになった……。私が入学した年には、そんなややこしい勢力図になっていたのだった。卒業する頃にはさらに複雑に、そして過激になってゆくのだが……。

中学時代のS先生は六〇年安保闘争時には埼玉大学の学生で、どうやら主流派（反日共系）でありつつ、構造改革派寄りのスタンスだったように思う。

私はS先生に言われるまでもなく、セクトに属することに関しては、思いっきり腰が引けていた。警戒していた。私には政治的センスが欠けているし、思想的にもまったく未熟だし……という謙虚な気持もあったけれど、それより何より「徒党を組む」ということ自体が苦手だったからだ。理屈抜き。生理的にダメ。それは今でも変わらない。

タバコ美人

「社研」の女子部員は、同学年で教育学部のSさん、上級生で文学部のKさん、教育学部の植松己美子《きみこ》さんといった人たちがいた。

ある日、部室に行ったら、ロングヘアの清楚な美人がベンチに座っていた。文学部の上級生でJさんという社研部員だということがわかった。素敵だなあと見とれていたら、バッグからタバコを出して喫《す》い始めたので、私はビックリしてしまった。恥ずかしい話だけれど、女の人がタバコを喫っているところを、ナマでまぢかに見たのは、それがほとんど初めてだったのだ。しかも清楚そのものといった女の人が。

瞬時にして私の頭には当時の人気TV番組で人形劇の「ひょっこりひょうたん島」のサンデー先生の顔が思い浮かんだ。サンデー先生は目がパッチリの、しとやかな美人先生なのだけれど、驚いたり、怒ったりする時は目が（内部のカラクリ装置によって）激変するのだ。ちょっとギョッとする感じになる。

それを連想してしまったのだ。そのくらい私は世間知らずだった。その後、そのJさんは一度しか見かけていない。

そんな私も卒業する頃には、タバコを喫うようになっていた。ひとりで喫茶店でボーッとしているのが好きになったからだ。「ひとり喫茶」だとタバコというアクセントが欲しくなる。最初の一本にはグルグル目まいがしてしまってビックリしたけれど、二本目からは何ともなかった。それでも喫ったり喫わなかったり。部室で喫った記憶はない。あくまで喫茶店とセット。

二年後には妹も喫うように。兄も喫っていた。九十歳直前で死んだ祖父もギリギリまで喫っていた。我が家はお酒は全然ダメでタバコOKの家系なのだ。ちょうどこの頃に禁煙を始めてイラついていた父は、私たち姉妹がタバコを喫っていることを知って激怒。

「社研」の女子部員で私と同学年（教育学部）のSさんは東京の東村山市（埼玉県との県境）からの自宅通学で、純朴で堅実。マルクス、エンゲルス、レーニンなどの文献をテキストにした読書会では、わからないことはハッキリと「わからない」と言う人で、知ったかぶりをしたがる人たちが多い中で（私もその一人だったかも）、いい意味でのブレーキ役になっていた。

当然、早大闘争が激化していった頃にはついて行けず、迷い多い日々を送っていたようだ。私は時どき喫茶店でSさんと活動家になり切れない悩みを打ち明けあっていた。

Sさんは、ひょうきん者の男子部員I君と気が合っているようで、ちょっとした漫才コンビ。それでも二人は恋に落ちるということはなかったようだ。Sさんは自分の女友だちをI君に紹介したりして、I君には感謝されている様子だった。

Sさんは卒業後、エコロジー的なメッセージを込めた子ども向き絵本などを出版。今は喫茶店を切り盛りしながら児童書の出版も手がけているようだ。いかにもSさんらしいな、と思う。

上級生で文学部の女子、Kさんは東京の墨田区からの自宅通学で、とても真面目で、内気な人。早大闘争が激化した頃、一度だけだが喫茶店で長々と語り合った。どんな話をしたのかは忘れてしまったけれど、自分を責めすぎて身動きできなくなってるんじゃないか？　という印象だった。恋愛問題でも悩んでいる様子だった。

それからまもなく、Kさんは「しばらく社研を休みたい」と言って、部室から姿を消した。

たまたま私は「社研ニュース」（という部内報のようなもの）を担当していたので、トピックとして「Kさん、消耗！」なる見出しをつけてしまい、部長の外池さんから「中野さん、消耗という言葉はマズイでしょう」と苦笑まじりに注意されてしまい、「あっ、そうだね、失礼だね」と大反省した。そのくらい私はバカだったのだ。

と書いても、ピンと来ない人のほうが多いんじゃないかと思う。当時の左翼学生の間では、学生運動の中で苦悩して運動から脱落することを「消耗」と言っていて、そこにはいくぶんかの批判的ニュアンスがあった。自分で「消耗した」と言うのは何の問題もないけれど、他人が言うのは失礼というか、おこがましい感じになるのだった。

Kさん、今、どうしてるのかなあ。会えたらうれしいんだけどなあ。

さっそくオルグが

いったいいかなる理由でか、入学当初、革マル派の学生が教室にまでやってきて、私をオルグ（セクトに引き込むこと）しようとしていた。「社研」に入部したのでマークされたのかもしれない。政経学部校舎の出入口のベンチに座っていた革マル派トップで、なかなかイナセな顔立ちの蓮見清一さんが「ちょっと話をしようよ」と声をかけてきて、とうとうと自説を展開するのだった。彼は、当時、四年生だったと思う。すでにして世馴れた貫禄があった。私には反論するだけの力量は無かった。それでも中学時代のS先生のグループの人たちの「ウカツにセクトに入らないように」という忠告に従いたいという気持のほうが大きかった。できるだけ顔を合わせないようにした。

それから三十年くらい経って知ったのだが、蓮見さんは卒業後、週刊誌の社外記者（いわゆるトップ屋）として活躍していたらしい。のちに『突破者《とっぱもの》』（南風社、幻冬舎アウトロー文庫）というセンセーショナルな奇書を発表して注目された、「キツネ目の男」疑惑（一九八四年に起きたグリコ・森永事件の首謀者と目された）の宮崎学（法学部、民青、同学年）もまた、トップ屋として蓮見さんと顔なじみになっていたようだ。元・革マルと元・民青、敵対していた者同士が同じ世界になだれ込んでいったというのが面白い。どうやら他にも学園闘争の闘士たちが「トップ屋」として活躍していたようだ。運動の中で、公安や警視庁や暴力団などについての知識を得ていたり、ダークサイドの人たちのことにも詳しかったからではないか？

蓮見さんは七四年に、我が敬愛の植草甚一が創刊した雑誌「宝島」の版権を取得して、二年後に「別冊宝島」を創刊。宝島社の社長になったという。子会社には洋泉社がある。いずれもサブカルチャー色の強い出版社だ。

私はそういうことを長い間まったく知らないまま、両社の出版物を好んで読んだり寄稿したりしていた。何だか……知らず知らずのうちに蓮見さんに、まんまとオルグされてしまっていたかのような妙な気分だ。苦笑。


つい書き忘れていたが、私と同様、六五年春には、吉永小百合（四五年三月生まれなので学年は私より二学年上）もタモリ（四五年八月生まれ。私より一学年上で一浪）も、そして前述の宮崎学（四五年十月生まれ。一浪）も早稲田に入学していたのだった。

そうそう、北野武（四七年一月生まれなので、私と同学年）も同じ六五年春に明治大学工学部に入学している。そういう、けっこう「濃い」年なのだった。

吉永小百合は第二文学部で、超多忙の中、優秀な成績で卒業したという。立派。頭が下がります。熱烈な小百合ファンだった「社研」のUさんが「本屋で吉永小百合を見かけた！」と興奮していたのを思い出す。

入学当初の早大キャンパスはおだやかだったと思う。大隈重信の銅像のある広場（というほど広くはないが）には、立て看板《タテカン》や集会などはたいして目立たず、わずかな芝生やベンチに男子学生が座ったり寝ころんだりして話をしていたり、ホットドッグ売りの小さなワゴンが止まっていたり、近所の犬が迷い込んで来たりしていた。

早稲田では前年（一九六四年）の七月に大規模な内ゲバ（7・2事件）があったそうだが、私は知らない。六〇年安保のあとだったので、挫折感が大きかったのだろう、学生運動の組織はまだシッカリとは再建されていなかったようだ。

私は大学入学後も高校時代の親友K子（東京外国語大学ロシア語学科へ。今は府中に移転したようだが、当時は巣鴨にあった）とたびたび会っていた。K子はだいぶ迷ったすえ、外語大の新聞部に入部していた。

K子は授業のキツさを嘆いていた。試験が多く、成績不良の者は容赦なく進級させないのだという。「へえーっ」と私は妙な優越感（？）を感じた。「早稲田は自由よ。そんなにキツくないよ。定期の試験さえクリアすれば普通に進級できるみたいだよ」なあんて言っていたのだが……しかし、早稲田の教授たちの中にも意地の悪い、いや、教育熱心な人もいたのだった。

夏休みの前だったと思う。ドイツ語で不意討ちの試験があった。ギクリ。サボりまくっていた私は、答案を返される時、教授から「女で語学ができないのは珍しい」と言われてしまった！　確か四十八点だったと思う。私はテヘッと照れ笑い。同じクラスの女子、Sさんのほうは立派な成績だった（彼女は卒業後、他の大学に入りなおしてドイツ語を専攻。結婚して翻訳者に）。

余談だが、そんな語学力であるにもかかわらず、私は二十五歳の時、澁澤龍彦のエッセーで「バヴァリアの狂王」ルートヴィヒ二世を知り、勤めていた出版社を辞めてドイツへ。ルートヴィヒ二世が建てた夢の城、ノイシュヴァンシュタイン城を見たかったのだ（当時はまだ日本では有名ではなかった）。ちょうどその頃、贔屓《ひいき》のルキノ・ヴィスコンティ監督が、これまた贔屓のヘルムート・バーガーを主役に起用し、『ルートヴィヒ』（七二年）を製作しているとか、製作したとかいうタイミングでもあったのだ（というのは一種の口実で、その年の春に発覚した連合赤軍事件のリンチ殺人事件に衝撃を受け、まったく一人になって自分の頭の中を建て直したくなったのだ。仕事にも不満があり、思い切って軌道修正したいという思いもあった）。

私は四十八点の劣等生ながら、一カ月ほど猛勉強してドイツへと渡った。まったくのカタコトながらドイツ生活（おもにベルリン）二カ月を一人でなんとか面白く過ごせた。帰国してもしばらくの間、家族に呼ばれて「はい」というところを「ヤー」なんて反射的に答えていたりして。我ながらスゴイと思った（しかし、それから長い歳月が経ってしまった。今や再び四十八点レベルに！）。

心のトゲ

大学に入学して二カ月後くらいだったと思う。同じ学部の〈彼〉から「上野の不忍《しのばず》池《いけ》でボートに乗らない？」と誘われた。顔だちも声も涼しげで、まじめな人だったので、喜んで誘いに応じた。

よく晴れた一日だった。私が選択科目の授業を終えて廊下に出ると、約束通り〈彼〉が笑顔で待っていた。不忍池のボートに乗りながら、いろんな話をしたのだけれど、もはや何をどう話したのか、ほとんど覚えていない。いや、一つ、思い出した。〈彼〉は川端康成の小説が好きだと言っていた。

空は青く、池の面《おもて》はキラキラと光っていた。ほんとうにそれだけのデートだった。それでも愉しかった。二人ともまだ十八歳だった。

それなのに、その数日後、ふとしたことで（完全に私の妙な小心さから）、〈彼〉を傷つけてしまったのだ。にもかかわらず謝ることもしなかった。何だかキマリが悪すぎて。なんですぐに謝らなかったんだろう――という思いが、私の心の中に小さなトゲとして刺さってしまった。

以来、〈彼〉から誘われることはなかったものの、キャンパスなどで会えば、お互い、何事もなかったかのように笑って立ち話をしたりしていた。〈彼〉は、「社研」に入って授業をサボりがちになり、どんどん別の世界にそれてゆく感じの私を静かに見守ってくれているようだった。

追試験を受けてかろうじて卒業した私と違って〈彼〉は優秀な成績で卒業したのだろう、子どものころから憧れていた職業についた。

〈彼〉から一枚のハガキが届いて、再会したのは卒業から二年後。私は就職に失敗して十カ月ほど新聞社でアルバイトをした後、ある出版社の臨時採用試験に受かって、少し仕事が面白くなっていた頃だった。

一対一で会うのは久しぶりだった。懐かしかった。〈彼〉はもう、一年生の春の私の裏切り行為を忘れてくれているようだった。やがて、突然「結婚しよう」と言われて、なぜか反射的に「うん」と答えていた。長年、ひそかに想ってくれていたということに胸打たれたのかもしれない。まるで、ひとごとのように？

ところが、家に帰った時点で早くも後悔してしまった。〈彼〉は好きだけれど今すぐ結婚はとても無理だ。ゆっくりとゆっくりと結婚に向かってゆくというのだったらいいけれど。いや、それでもやっぱり結婚というのはキツイなあ、私は仕事の上でも、生活技術の上でも、まだまだ未熟だもの。「何者」にもなっていないのだもの……。この「私はまだ何者にもなっていない」という気持が一番強かったように思う。

数日後、また〈彼〉と会うことになった。驚いたことには〈彼〉はもう親に結婚することになったと報告をしたという。

私は懸命になって、まだ結婚はしたくないと言った。二度目の、前回より思いっきり大きい裏切り行為だった。

〈彼〉は静かにそれを聞いていた。気まずい沈黙のあと、「ほんとうにもう気持は変わらないんだね」と言うので私は「うん」とうなずいた。私は二度にわたって〈彼〉を傷つけてしまったのだ。私は自分の胸に、またもう一つ、以前にも増して大きなトゲが突き刺さったように感じた。

長い間、私は早稲田時代のことはあんまり思い出したくなかった。この一件もあったからだ。

不思議なものだ。歳をとると多くのことは記憶の中でボヤケたり、消え去ったりしてゆくのだけれど、逆に若い頃はそれほどのことではないと思っていたことが、年々、鮮明に思い出され、そして罪なこととして感じられる。そういうこともある。

不忍池の水面がキラキラと光っていた情景を、近頃、何度か思い出すようになった。懐かしさとともに自分を責める気持が入り混じる。まったく今さらながらに。

つかのまの平穏

さて。大学に入ってから初めての夏休み。一週間くらいだったかな、K子と信州の学生村（学生専用の民宿。当時は学生村と称して地域振興的な運動があったのだ）で過ごした。

私は読書欲に燃えていて、事前に数冊の本をダンボール箱に詰めて宿に送っておいた。大学の勉強とは違う、私独自の勉強をしようという殊勝な気持があったのだ。

ところがところが。いざ学生村に行ったら、信州の夏はすばらしすぎた。日本アルプスの山なみは神々《こうごう》しく、すぐ近くにはハイキングにぴったりの山があり、宿の畑からもぎ取って庭の炭火で焼いたトウモロコシは驚くほどおいしく、夜は満天の星に感動させられた。私が送っておいた箱詰めの本は、ほとんど読まれないまま、帰りに返送された。

そうそう、その民宿でK子が口紅を二本（ピンク系とオレンジ系）持ち歩いていることを知った。お姉さんのおさがりだと言っていたけれど。「そうだ、私も口紅を買ってつけよう！」と思った。私、大学に入っても、まったくのスッピンだったんですよね。

それから数日後。今度は「社研」の合宿で、同じ信州の野辺山へ。よくまあ親がお金を出してくれたもんだ……と今さらながらにありがたく思う。当時は「お金を出してくれるのは当然だ」という態度だった。

合宿ではいちおう読書会はしたものの、山歩きのほうがメインだったように思う。すでにセクトに入っていた人もいたけれど、論争じみたことは無かったように思う。何の本だったか忘れてしまったが、マルクス、エンゲルスの著作（もちろん翻訳版）をテキストとして、「ここはどういう意味？」とか「ここがポイントだよね、重要だよね」といった調子で読み進んでいった。

読書会も山歩きも、やっぱり外池さんがリーダーシップを発揮してくれていた。参加したのは十人くらいだったろうか。のどかな、牧歌的な日々だった。

文研の「マウンティング」

さて、部室を共有していた「文研」（文学研究会）の話。

「社研」の人たちは、どちらかというと生真面目な感じだったけれど、「文研」のほうは、いかにもヒトクセありそうな人が多かった。中にはOさんという長髪ヒゲ面の上級生で、何かヤバイ事件にも関係していたという噂のアナーキストもいた。壁にピンナップされていたメモや印刷物などを見ると、どうやら「文研」の人たちはシュールレアリスム系のカルチャー（文学や絵画）に惹かれているようだった。

「社研」のように計画的に読書会をしている気配はあんまり感じられず、各自勝手に作ったもの（小説や詩）を、たまに文集（ガリ版刷りだったと思う）にしているだけで、部室には休憩というか雑談をするために立ち寄っただけという感じだった。それでも私はひそかに興味を持っていた。雑談の中で、彼らが互いにセンスの競い合いをしている感じがあったからだ。

「文研」の中に、私と同様新入生の自称・児島よた六という男の子がいた。鋭く光る目をしたヤセ型の機敏に動き回る少年（ほんとうにまだ少年という感じだったのだ）。本名は聞いたが、すぐに忘れてしまった。

たぶん、一年生の夏休み明けだったように思うのだけれど（あるいはもっと後か？）「文研」の壁にこんな内容の黒枠ハガキがピンナップされていたので、私は驚き、笑った。

「私、児島よた六儀、かねてより病気療養中でありましたが、薬石効なく、×月×日、××にて永眠いたしました。ここに生前の御厚誼に深く感謝致しますとともに、謹んで御連絡申し上げます」

とか何とか、もっともらしく書かれていたからだ（×印部分はもっと具体的に書かれていた)。

あきらかに冗談なのだけれど、キチッと訃報スタイルにしあげているところがエライ。きっとしばらく部活動はできないということなのだろう。女子高出身の私は「さすが男の子。オフザケにも芸があるなあ。女の子はこういう機知に富んだフザケ方はしないもんなあ」と思った。

実際、その後しばらくして、よた六氏は何事もなかったかのように部室に現れた。つい最近知ったことだが、よた六氏は早大時代、(早稲田祭か何かで?)大江健三郎の講演会を聴きに行って、大江氏にケンカを売るような発言をしたらしい。私もその講演会には行っていた。「そう言えばずいぶん突飛な発言をする学生がいて、不穏な空気になったよね、あれ児島さんだったのか」と、ほほえましく思った。

年長の「文研」部員で、高橋義夫さんという人がいた。口数の少ないヤセ型の人で、どこか茫洋というかトボケた感じのある人だった。ある日、高橋さんが「この本、もう読んじゃったから買ってくれない?」と言って、社会科学系の本を差し出してみせた。たまたま私の興味のある本だったので安値で買った。お世辞だったんだろうが、高橋さんはボソッと「エクボがかわいいね」と言った。

確かに私の左頬には、笑うとエクボが出る。それはわかっていたけれど、人に言われてみて初めて「そうか、かわいいのか、これ」と、小発見したような気持になった。で、しつこくおぼえているわけなのです（それから半世紀。今やエクボというより、たんなるタテジワだけれどね）。

その高橋義夫さんは、一九九二（平成四）年、『狼奉行』という小説で直木賞を受賞した。「文研」時代のイメージからすると、時代小説というのは意外だった。

しかし、何と言っても衝撃的に笑わされたのは、同じ新入生（法学部）で、新崎《しんざき》智《さとし》という、やたらとデカイ声で冗談ばかり言っている長髪肥満系男子が書いた短編小説だった。

今、手もとに無いのが残念でたまらないのだが……とにかく、一人暮らしの部屋にある日、突然、見知らぬ男が闖入《ちんにゅう》していた――というのが発端で、驚いた主人公がわけを聞くと、何と、その男はとうとうと「歴史的かなづかい」で理由を述べるのだった――。という設定からしておかしかった。闖入者のセリフが、長々と、完璧な形で（と私には思えた）歴史的かなづかいだったので、おかしさ倍増。あざやかに笑えた。感心した。

うーん、やっぱり男の子だなあ、女にはこういう発想できないもの、第一、私なんか歴史的かなづかいは読めても正確に書くことはできないもの……と。

その作者・新崎智君は、のちに呉智英《くれともふさ》というペンネームで評論家になった——。私はゴチエー先生と呼んでいる。

「社研」ではマルクス・レーニン思想に関してどのくらい詳しいかという知識量とか説得力が問われていたが、「文研」では「鬼面人《きめん》をおどす」的にユニークなセンスの競い合いが、さまざまな形で展開されているようだった。のちに呉智英が言うところの「マウンティング」。言うまでもなく、サルなど哺乳類のオスが交尾の姿勢をとる行動（自分の優位を示すためにライバルのオスに後ろから馬乗りになる）を意味する言葉だ。

女子高出身の私は、そんな、男同士のマウンティングの様子に、驚いたり、首をひねったり、笑ったりしていた。つまり興味津々《しんしん》だったのだ。

この年、高倉健主演の映画『網走番外地』（石井輝男監督）が大ヒット。以後、東映ヤクザ路線の映画が続々作られ、学生たちに熱烈に支持されることになるのだが……いちおう女子の私には敷居が高く、はい、遠慮しました。無念。

いつの頃からか、活動家諸君はスクリーンに向かって「異議なし！」「ナンセンス！」などと掛け声をかけるようになっていたという。まるで歌舞伎だ。映画をそういう形で観るなんて空前絶後のことだろう（と思ったら、二〇一六年『シン・ゴジラ』では掛け声をかける上映会があって、話題になったようだ）。

邦画では、まだ何とか人気をキープしていた植木等（＋ハナ肇とクレイジーキャッツ）の日本一の男シリーズ『日本一のゴマすり男』『日本一のゴリガン男』、洋画ではやっぱり『サウンド・オブ・ミュージック』が思い出深い。

TVでは「新・ヒッチコックシリーズ」（五七年から「ヒッチコック劇場」「ヒッチコック・サスペンス」とタイトルを変え、放映されていた）。冒頭、シャルル・グノーの「操り人形の葬送行進曲」が流れる中、ヒッチコック本人が登場、毎回、皮肉の利いたセリフがあり、ヒッチコック好み（原作、プロデュース）のドラマが展開される。好きだったなー、私。

氷河に冷凍保存されていた若い女の話とか、死んだと思われた女の人がマブタの動きで生きていることを伝える話とか。八〇年代にニューヨークに行った時、偶然にも文化センターみたいなところで「ヒッチコック劇場」のTVムービーを連続上映していた。喜んで連日観に行った。嬉しかった。

雑誌は高三の時に知ったマンガ雑誌「ガロ」を中心に読んでいた。

大学に入学する少し前、中学時代のS先生にくっついて行って、日韓条約反対の集会とデモに参加した。たしか日比谷公園。闇の中の群衆。ひるがえる旗。シュプレヒコール。興奮した。いつのまにか「インターナショナル」の歌もおぼえてしまっていた。なぜか、いまだに忘れないいんですね。アメリカはベトナムで北爆を開始していて、それに反対する「べ平連」(「ベトナムに平和を!市民連合」の略)が結成された。

早大闘争百五十日間

秋から冬へと季節が移り変わっていく中で、キャンパス風景がどんどん変わっていった。

大学側が新しく造る第二学生会館の管理運営権をめぐって、大学側と学生側が対立していた。本部前(=大隈銅像周辺)には演壇とベンチが並べられ、民青の集会とそれ以外のセクトの支持者の集会が隣り合って行なわれるようになっていた。

立て看板《タテカン》もドッと増えた。クラスメート何人かでタテカンを作っている時、文字を書いていた男子が大隈の「隈」という字を「猥」とまちがえそうになった（わざとか？）ので笑った記憶あり。

もう、その頃は、すでに「ガロ」「少年マガジン」「少年サンデー」が学生たちの間で愛読されていて、メディアでは「大学生もマンガを読む時代」と驚き呆れた調子で取り上げられていた状態だったので、タテカンやハリガミなどには『おそ松くん』のチビ太やイヤミの絵や「シェー」などのセリフが添えられたりしていた。

さらに一九六六年の年明けそうそう、授業料の値上げという問題が出てきた。第二学生会館の問題には無関心だったノンポリ（政治に無関心な）学生たちも授業料値上げという問題には敏感に反応した。法文系がほぼ60%、理工系がほぼ50%という大幅な値上げ案だったから。

学生側＝全学共闘会議議長には私より二歳上の大口昭彦さん（政経学部、社青同解放派）が選ばれ、力強いアジ演説（アジテーション、扇動）をしていた。多くの一般学生たちも集会に詰めかけた。

私としては「待ってました！」という気分だった。頭の中を「インターナショナル」の歌が駆けめぐった。「起て飢えたる者よ　今ぞ日は近し……」（訳詞・佐々木孝丸、佐野碩　作曲・ドジェーテル）。集会を横目に無関心でいる学生たちの姿にはイラ立った。

議長の大口さんは、いかにも（昔ながらの）ワセダという風貌だった。顔も体つきもガッシリとしていて髪の毛はごく短く刈っていた。服は黒の学生服だったり、ベージュのジャンパーだったり。ファッションには興味がない様子。剣道の達人だという噂。そこがまた、大口さんの人柄をしのばせて、男子にも女子にも人気があった。あまりにも人気があったので女性週刊誌も取材に来ていたほどだった。ワセダならではのスター性があった。

敵対セクトや公安やマスコミの攻勢から大口さんを守るため、大口さんがアジ演説をして退場する時は政経学部の石橋さんはじめ何人かの同志たちが大口さんを隠すようにガードし、ゆくえをくらますようにしていたほどだった。

どの時点でのことだったか忘れたが、大学側と学生側の話し合いの会が大教室であった。会場は学生たちでギッシリ満員。発言のたびにヤジが飛んだ。大学側の発言には「ナンセンス！」、学生側の発言には「異議なし！」が基本だが、中には気の利いた、芸のある、面白いヤジを飛ばす学生もいて、私は「誰だ誰だ？」とその声のぬしに注目、尊敬の念をかきたてられ、わくわくした。

ちょうどその頃、私は出版されたばかりで話題になっていた『青春の墓標　ある学生活動家の愛と死』（奥浩平の遺稿集。一九六五年、文藝春秋新社）を読んでいた。

奥浩平は私より三歳上の東京っ子。都立青山高等学校在学中に六〇年安保に参加。一浪して横浜市立大学に入学、中核派の闘士として活動していたが、六五年の三月に自宅で大量の睡眠薬を服用して自殺。二十一歳と五カ月だった。その時、手には一輪のピンクのカーネーションが握りしめられていたという。

奥浩平には同じ高校を卒業した中原素子（仮名）というガールフレンドがいて、大学入学後、互いにひんぱんに手紙のやりとりをしたり、会ったりしていた。中原素子は早稲田大学（法学部）に入り、革マル派になっていた。

『青春の墓標』は、奥浩平のプライベートな手記が中心だが、中原素子にあてた手紙も多数収録されていた。

いやー、何と言ってもピンクのカーネーションですね。彼はいったいどういう思いをピンクのカーネーションに託したのか？　と。

セクトに属した学生活動家の苦悩はノン・セクトの私にはよくわからなかったのだけれど、彼の文章（感心するほど筆まめなのだ）から発散される、何と言ったらいいんだろう、そうですねえ、「暗い熱気」みたいなもの。「真摯」そのものなのだった。圧倒されずにはいられなかった。今、読み返してみても圧倒されるよ。その苦悩の内容よりも、苦悩の熱量に。

そういうわけで、集会で革マル派のビラまきをしている女子学生を見かけると、「もしかして中原素子？」と思わずにはいられなかった（彼女が順調に進級していたら四年生としてギリギリ在学しているはずだったから）。

その年の暮れには、私はノンキに女子高時代の友だち三人とスキーに行ってはしゃいでいたりして。『青春の墓標』はどこへやら。「真摯」路線から、ついついハズレがちな私なのだった。

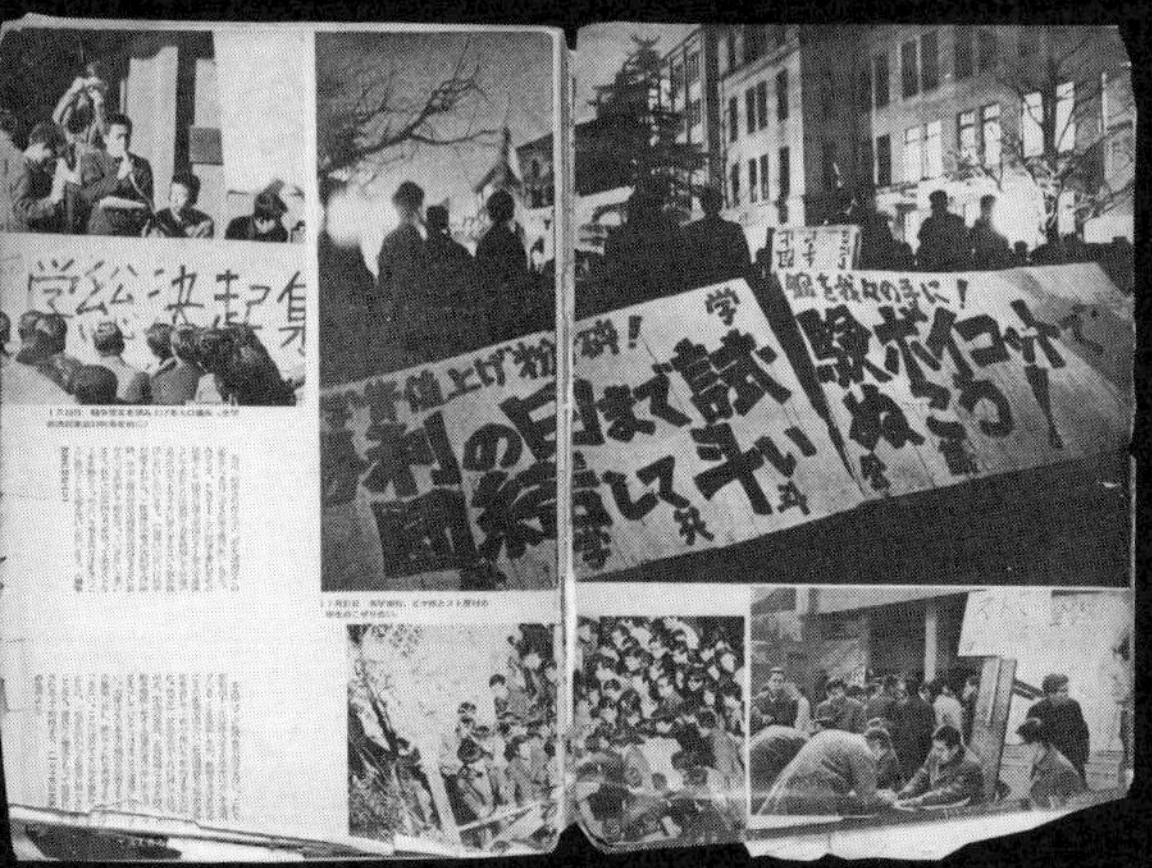

全学無期限ストライキに突入した 1966 年 1 月 20 日、闘争宣言を読み上げる大口議長（左ページ上）。大きな拍手が湧きあがる。極太文字のタテカン

「大学生もマンガを読む時代」と驚かれていた頃なので、タテカンやプラカードにもマンガが。多くの才能を生み出した漫画研究会もあったしね

早大闘争の経緯 ❶

『写真集　早稲田の150日』よりダイジェスト、一部改変
(早稲田キャンパス新聞会1966年11月15日発行)

1965年

11月30日	学生会館(以下・学館と略する)の説明会を大隈小講堂で開く。会場騒然。大学は中止を声明。
12月 1日	共闘会議は学館の運営権要求のため本部前で座り込みを始める。
8日	大隈小講堂で理事者による説明会が予定されていたが、滝口理事は「とうてい話し合える雰囲気ではない」として出席を拒否。学生は本部内に突入、座り込む。
11日	本部会議室で大学当局と学生代表が会談。結論が出ず、学生が本部に突入。理事教職員を監禁。学部長会は警察に出動を要請。大口議長が検挙される。
20日	大学の評議員会が学費値上げを決定。

1966年

1月18日	第一法学部、教育学部が無期限ストライキに突入。
19日	教員組合は学費値上げ反対の声明文を発表。
20日	第一文学部、第一商学部、第一政経学部も無期限スト突入。
21日	理工学部、無期限スト突入。
22日	大学は「試験は予定通り実施の方針」と掲示。
23日	学生1500人が泊まり込む。第一、第二法学部の試験延期が発表される。
24日	学部長会は①学年末試験は27日まで困難なので中止する。②28日以降については27日午後大学の方針を発表すると決定。大浜総長は佐藤首相を訪ね「国費による助成強化」を要望。
28日	学部長会は①卒業試験は29日から学外で行なう。②3年度生以下の試験は4月以降に延期……など決定。
29日	理工学部にバリケードが築かれたので、試験はレポートに変更。政経学部もレポートに。2度目の学生6000人集会。
2月2日	滝口理事が共闘会議の集会に出席。総長会見を行なうか否かについての説明あり。
3日	本部前に滝口理事を迎え、学生たちは「大衆団交」を要求。法、文、商、教育学部の試験はレポートに変更。
5日	共闘会議が、反日共系(本部封鎖を主張)と民青系(私学助成の国会請願デモを主張)に分裂。
7日	共闘会議主催のティーチインに学生1200人が出席。
8日	共闘会議学生12名と時子山常任理事ら4名の理事が話し合い。

1966年11月15日発行の『写真集　早稲田の150日』（早稲田キャンパス新聞会刊 130円）。表紙写真は大隈銅像そばの集会か。奥に大隈講堂の時計塔が見える。ずうっとしまい込んでいた。引越しのたびに荒っぽく扱われてボロボロに

同じ写真集より。学部の入口に高くベンチを積み上げて、封鎖。どうやってこんなに高く積めたのだろう。ハシゴを使ったのか？

1966年

全学ストライキ

さて。年が明けて一九六六年。各学部は「学費の大幅値上げ粉砕！」「学生会館の管理運営権の獲得！」をスローガンに、続々と無期限ストライキに突入していった。一月二十一日、理工学部もスト突入。ついに全学ストライキということになった。キャンパスではジグザグデモが展開され、シュプレヒコールが湧き、旗がひるがえる。各学部校舎の出入口にはベンチが高く積まれバリケード封鎖。機動隊導入に備えて何十人かの男子学生がピケを張ったりもしていた。校内にフトンを運び込んでの徹夜ピケも。大学側は警官隊、さらに機動隊を導入し、大口さんはじめ何人かの活動家は全国指名手配を受け、逮捕された（大口さんは結局二回逮捕された）。何百人という学生も逮捕された。

もうこのへんから女の出番は無いですね。男の世界ですね。校舎内に泊まり込んでザコ寝なんてできないもの。不潔でイヤだもの。

そうだ、教育学部のIさんという女子学生（私より歳上）が、集会で勇ましくマイクを握って「これは大学と私たちの根くらべなんですよ！」とアジっていたのを思い出す。女なのに偉いなあ、早稲田のローザ・ルクセンブルクみたいだ、と感心したものです（ローザ・ルクセンブルクはポーランド生まれのマルクス主義の理論家であり、運動家でもあった。一九一〇年代にドイツ共産党の指導者になり、政府からきびしい弾圧を受けたあげく、獄中で殺害された）。

あっ、そうそう。話があとになってしまったが、当時の早稲田大学の総長は大浜信《のぶ》泉《もと》氏で、じかに学生との折衝にあたっていたのは滝口宏理事で、その上には時子山《とこやま》常三郎常任理事がひかえていた。滝口氏は、当時、何歳だったのだろう。五十代くらいだったろうか？　ずいぶん歳上のように感じていた。キャンパスで学生たち（私もまぎれこんでいた）に詰め寄られても全然、動じている感じではなかった。大人の老獪《ろうかい》さを感じたのだけれど、案外、内心は必死だったのかもしれない。

デモにもいくつかのパターンがあった。普通にただ隊列を組んで歩くだけのおだやかなデモ（メーデーなど市民団体が主体のデモは、たいていこれ）というのではなく、互いに腕を組んで小走りしながらのデモ（大学闘争では、これが主流）とか、ジグザグデモ（文字通り小走りしながらジグザグに前進）とか、フランス式デモ（両腕を広げて道幅いっぱいに拡大した形で前進。気持いいんだよねー）とか。

一、二年後、何のデモだったか忘れたが、小走りデモに参加していたら、そばに文研の石井康夫君（後述）がいて、息があがったのか、そばの植え込みにへたりこんで、ハアハアしていたのがおかしかった。二日酔いだったのか？

早稲田大学は左翼ばかりでなく右翼の巣窟でもあったので（一九七〇年に三島由紀夫と共に割腹自殺した森田必勝《まさかつ》は四五年生まれ。二浪して、この六六年に早大教育学部へ）、両者の荒々しい殴り合いもあったようだ。体育会系も大学側に回って暴れていた。そういうわけで、私は長い間、体育会系の学生というのが嫌いだった。

どういう経緯だったか忘れてしまい我ながら情けないが、たしかストライキ解除から間もなく（？）英語の試験があった。確かすぐ近くの早稲田実業学校の教室を借りての試験だった。監視係は大学職員のようだった。

たまたま、私はクラス委員の丹野さんの真後ろの席に座っていた。試験が始まって十数分っていう感じだったかな、突然、監視係があわてて教室を飛び出していった

（無線連絡か何かあったのだろうか？）。俄然、教室がざわめく中で、まん前にいる丹野さんがニヤッと笑いながら振り向いた。私は「エッ!?　何!?」と思う間もなく、ほとんど反射的に、首を突き出すようにして丹野さんの答案用紙を見ていた。要するにカンニング。隣の席の男子学生も首を突き出していた。監視係が教室に戻ってきたのは、その数分後だったと思う。

最初にして最後のカンニング体験だった。

バリケードの中で

早大闘争の話をもう少し……。宮崎学の『突破者』によると、アジ演説には久米宏（政経学部、当時三年生？）も参加していて、外見はスマートだし、発声もいいので、全学共闘会議の幹部が「達者なもんだな。あいつにずっとアジらせろ」と言ったそうだ（ただし、久米宏はこの記述を否定しているが）。ちなみに久米宏の劇団仲間・田中眞紀子（角栄の娘。おそろしいことに小泉政権下では外相にまでなった）は、もちろん大学側についた。

そう……宮崎学の『突破者』には、早大闘争の最もディープで暴力的な部分が活写されていて、今さらながらに怖ろしいやら、おかしいやら（そうなの、読んでいるだけでも体が痛くなってくるような荒々しい話が多いのだけれど、思わず笑ってしまう話も、結構ちゃんと描写されているんですよね。異常に鮮やかな記憶力によって）。

宮崎学は京都のヤクザ（解体屋でもあった）の家に生まれ、平和路線を走っていた日本共産党の秘密ゲバルト組織「あかつき行動隊」の隊長に。一浪して早稲田大学法学部に合格。上京した時、オリンピック直後の整然とした東京の風景を見て「これが六〇年安保闘争のあった東京なんだ」「よし、一発暴れてやるぞ」と思ったという。

彼の目には当時の早大の学生運動は「さながら『三国志』の世界を彷彿《ほうふつ》させる状況を呈していた。つまり、六〇年安保当時の全学連主流派の流れをくむ革マル（マルクス主義学生同盟革マル派）、社会党傘下の青年組織・社青同の分派である青解《あおかい》（社会主義青年同盟解放派）、それに日共傘下の民青による三国鼎立《ていりつ》である。要するに、民青、革マル、青解が三つ巴となって、互いにしのぎをけずっていたのである」というふうに映っていた。

入学早々の法学部クラス委員総会でも「後年ほど激しい党派間の衝突はなかったもののの、それでも民青と革マルとの間でかなり厳しい罵倒の応酬があり、数度にわたって灰皿が飛びかった」という。宮崎学は「小難しいことを口にしてはいるが、その底流にあるのは不良の喧嘩と同じ論理と生理だな」とも思ったという。活動家の学生たちの生活ぶりについて「要するに、前近代の『若衆宿』的な要素が多分に残っていたわけだ」と書いているのも、なるほどなあと思わせる。

宮崎学は民青の武闘派のトップにいたわけだが（私、民青に「あかつき行動隊」なる秘密ゲバルト組織があったなんて、まったく知らなかったよー。当時、民青っていったら「赤旗まつり」で和気あいあい、歌い、踊っている人たち……とばかり思っていた）、全学共闘会議議長の大口昭彦さんには党派を超えて好感を寄せていた。「頭はスポーツ刈りで、顔もごつい運動部面《づら》である。その大口の、全身を振り絞るようなアジテーションは武骨で飾り気のかけらもなかったが、なによりも迫力があった」。

もう一人、党派性を超えてリスペクトしていた相手というのが新崎智＝呉智英だった。

彼に関してこう書いている。「一番変わっていたのは、徹底して無党派の一匹狼的な活動家であったことだ。というより、党派や党派に属する活動家に対してはっきりとした批判的姿勢があったことである」

いわゆる「男が男に惚れる」的なエピソードがいくつか綴られていて、ゴチエー先生の長年の友人である私でも「ふーん、そうだったの、カッコいいじゃないの」と感心してしまうのだが……宮崎学が「新崎は私と同学部同学年で、ロシア語クラスのクラス委員をやっていた。当時は髪も流行の長髪、なかなか堂々たる美男子だった」という一節には、エッ!? と驚いた。「異議あり！」と思わずにはいられなかった。

　長髪だったのは確かだけれど「流行の」という感じではなかったし、美男子というには太り過ぎていた。身長は高めで、いつも茶色のコーデュロイのジャケットを着ていたので熊《テディベア》のぬいぐるみのように見えた（その後、糖尿病で痩せたのだけれど）。

ゴチエー先生
このくらい
長かったような気が

　というわけで、ゴチエー先生のルックス描写に関しては首をかしげてしまったわけだが、『突破者』は早大闘争の、貴重で精緻な記録になっている。私はもうひとつ世間知らずなところがあるので、京都における日本共産党の存在意義について、そして旧来のヤクザ社会の独自の生活様式や価値観について、「うーん、なるほどねえ」と啓蒙されるところも多かった。ベストセラーになったのも当然の奇書だと思う。

8の字のように

フッと、おぼろげながら思い出す一場面がある。

あれは学生会館の一階のラウンジルームだったか、それとも喫茶店だったか。とにかく早大闘争のさなか、二十人くらいの学生たちの集まりで、ある男子学生が「精鋭の活動家三十人が集まれば、革命は起こせるんだ！」と発言したので、私は「エッ!? それは無理でしょ、三十人で、なんて」と驚いたのだが、べつだん異議をとなえる人もいなかったので、さらに驚いた。確か「新聞社や放送局を占拠して……」などと言っていたと思う。

そういう発言が通用するくらい、ストライキ渦中の活動家たちは熱気を帯びていたのだ。

ところが私は……大学に行けばストライキ、ピケ、バリケード、泊まり込み、警察および機動隊との乱闘、逮捕、指名手配……といった荒々しさに包まれるのだが、家に帰れば、何事もない。ありふれた、おだやかな、変わらぬ日常生活だ。非常事態の大学と、平常そのものの家庭。その二つの世界を、毎日毎日、まるで8の字を描くように私は往還しているのだった。

家を出たいな、一人暮らしをしたいな、と思った。私が大学闘争にいまひとつのめり込めないのは自宅通学のせいのように思ったのだ。家を捨てて、一人暮らしをすれば、焦点が一つに絞られ、もっと激しく、まさに「真摯」な生き方ができるんじゃないか……。

そんなことを思いながらも、私は家を出ることができなかった。第一に自力で学費や生活費を稼ぎ出す自信がなかったし、第二に家庭生活の安楽さ（TVでお笑い番組を観て嬉々としている私）も捨て切れなかったから。

仕方ない、私は当分、このハンパさの中で生きるしかないんだ、8の字のように二つの世界を行きつ戻りつする中で生きてゆくしかないんだ、と思った。

大学の闘争現場は荒々しく、また薄汚くもあり、まさに男の世界。女はアシスト役というかケア係みたいなことしかできない世界だった。結局、いくさは男のものなのか。多くの男が好む将棋にしても碁にしても、いくさを盤上ゲームにしたものだものね……。

私もいちおう、新宿駅前に立って闘争支援の署名をつのったり、逮捕された「社研」のI君が留置されている警察署まで差し入れ（だったかな、記憶がおぼろ）に足を運んだりしていたのだけれど、根があんまり世話好きなほうではないので、何の充実感も持てなかった。いくさの前面に出ることも後方で支援することも満足にできない。ハンパだった。

つい最近知ったことだが、「学生会館の自主管理」をスローガンに掲げていた学生たちが、その学生会館で出火騒ぎを起こしてしまい、大学側の管理体制をより厳しくさせてしまった……というマヌケな騒ぎもあったという。苦笑するしかないですね。

卒業、進級の季節が近づくにつれ、反対運動を支持していた一般学生の間にも、「もうこのへんで手を打ったほうが」「もう、ついてゆけない」という気分が強くなっていった（と思う）。そういう生活のリアリズムは無視できないものだ。

そんな中での早大闘争の終結――。四月二十三日に大浜総長が、二十四日に全理事が辞意を表明。六月二十二日（ザ・ビートルズ来日の一週間前）にストは一応の終結ということになった。結局、ほぼ百五十日間にわたる闘争だった。

私の手もとにはボロボロになった『写真集　早稲田の150日』というのがあるのだけれど、早大闘争の様子を伝える何枚もの写真に写っているのは男子ばかり。女子の姿は一人も見られないのだ。

早大闘争が終わりを迎えた時、私はどう感じたのだろうか？　ホッとした？　それともガッカリした？　思い出せないところをみると、これという強い感情はなく、「まあ、こんなところかなあ」という気分だったのかもしれない。何しろ百五十日間に及んだ「闘争」だったから。少しばかりだが、妙な解放感もあったような気もする。

闘争のまんなかに飛び込んで真剣な活動家にもなれず、かと言って、彼らを冷ややかに理性的に批判することもできない自分を持てあましていたから、闘争終結となって、そんなジレンマからとりあえず解放されたわけで、少しばかりホッとしたのは事実だった。私の心に残ったのは、『されどわれらが日々――』や『青春の墓標』に描かれたような深い挫折感なんていうものではなかった。ぼんやりとした敗北気分、そしてハンパな不燃焼感が残った。

いちおう平穏な学園生活に戻っていた。それでも、私の記憶によれば、入学時よりはキャンパス風景はだいぶ政治色が濃いものになっていたような気がする。タテカン、集会、アジビラなどが定着していたように思う。そういう風景はもう完全に日常化していて、何の違和感も抱かないようになっていた。

やがて、機動隊に守られた中での入学試験を体験した新入生たち数名が「社研」に入ってきた。男子ばかりだった。彼らは受験生として早大闘争をどう見ていたのか？

——という疑問が湧くが、当時はなぜか聞くこともなかった。

戦争を知らない子どもたち

さて。つい最近、同じ歳の元・編集者（大阪出身）から聞いた話。

「立命館大学に行った友だちから聞いたんだけどね、立命館でも大学闘争があってバリケード封鎖とかしたんだよ。その渦中、白川静先生が弁当箱二つをフロシキに包んだのを片手にさげて、もう片方の手にはかばんをさげてといういでたちでバリケードにやってきたんだって。何しろ白川静と言ったら有名な漢文学者でしょ、漢字の鬼でしょ。夜を徹して研究室にこもって研究していた。二つの弁当箱は昼と夜の分なんだよね」

「その白川静先生はバリケードを見ても平然。学生たちを『どけっ！』と一喝。学生

泊まり込みに関して共闘会議から「大学の所有物には絶対に手を触れるな」というお触れが出ていたため、文献や備品の散逸はほとんどなかった。宮崎学の証言によれば、泊まり込みの学生は「品行方正」。議論しているか本を読んでいるか、北京放送やモスクワ放送を聞いているかだったという。エライ！

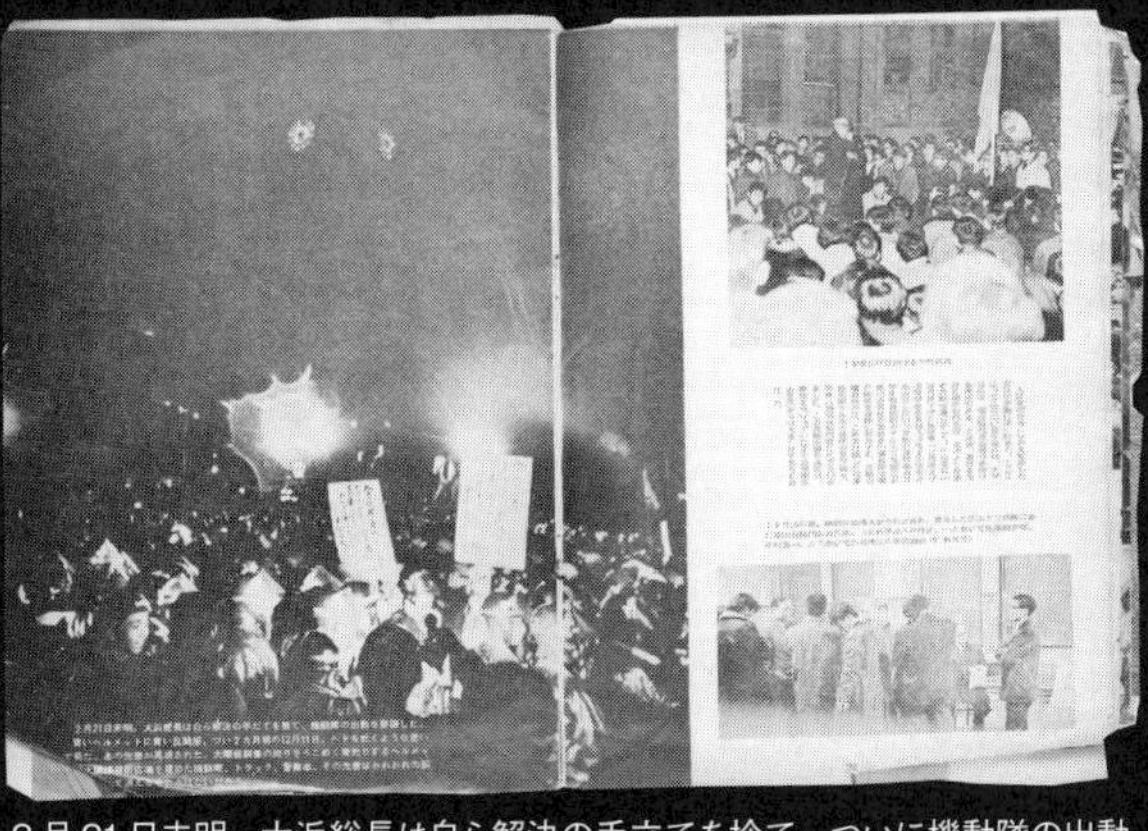

2月21日未明。大浜総長は自ら解決の手立てを捨て、ついに機動隊の出動を要請した……。明けやらぬ闇の中に青いヘルメットに青い乱闘服の機動隊員、トラック、警備車……

早大闘争の経緯 ❷

1966年

2月10日	共闘会議と理事の話し合いが30分で決裂。学生400人がバリケードで本部封鎖。
11日	国会稲門会が調停に乗り出す。
12日	早朝、バリケード撤去をめぐり、共闘会議学生と運動部学生が乱闘。
15日	大浜総長は教職員を集め、警官導入も辞さず、国会稲門会の調停案を拒否。夜、本部前集会に学生3000人が参加。
19日	大学当局の修正案を共闘会議は拒否。全学総決起大会に1500人、本部前抗議集会に2000人の学生が参加。
20日	大学当局は警官隊導入を要請。警視庁は2500人の機動隊員に待機を指令。共闘会議幹部に対し逮捕状を請求。
21日	警官隊導入。大学当局は学内への学生の立ち入りを禁止し、鉄パイプでロックアウト。警官隊引き揚げ後、学生たちは鉄パイプのバリケードを引き倒し、再占拠。
22日	警官隊再出動。文学部に逃げ込んだ学生を大量検挙。学園に通ずるすべての道を封鎖。時子山理事、大量検挙やむなしと表明。総長、中村文相と会談。
23日	警視庁公安部は、大口、長沢、高島、福田の4君に異例の全国指名手配。学生たちは箱根山公園で800人集会。
24日	入試開始。警官隊350人駐留。
27日	機動隊引き揚げる。高島君ら逮捕。
3月 6日	全入試終了。共闘会議集会とジグザグデモ。20名逮捕。
7日	学園封鎖解除。共闘会議集会デモ。稲門体育会集会を開く。大学当局、屋外集会、デモ、立看板禁止の告示。
11日	指名手配中の大口君、本部前集会で演説。機動隊が出動し、大口君ら2名を逮捕。
12日	大学側は期末試験を4月1日から実施と告示。
16日	共闘会議は抗議集会。指名手配された学生は全員逮捕される。
25日	商学部のみ学部卒業式。大口君ら釈放される。
30日	第一商学部、試験ボイコットを決定。第一文学部、バリケードを築く。第一商学部のゼミ連有志と共闘会議学生が乱闘。
4月 1日	教育学部を除く学部は期末試験を事実上ボイコット。
4日	全学ストライキ。この頃から各学部で試験ボイコットの賛否を問う投票が行なわれる。
9日	大学当局は「入学式は5月1日に。夏季休暇は2週間短縮」と発表。

実力でバリケード撤去の行動に出る学生たちもいて、共闘会議の学生たちは投石で応じ、市街戦のようになったことも（右ページ下）

1966年6月22日、文学部もストライキ解除。これで早大闘争も終わった。バリケードで使われた針金には真っ赤なサビが浮いていた……。左ページには早大詩人会の詩が。「感傷にたおれた樹々とわかれる――もはや世界は死ぬほどうつくしくない」

早大闘争の経緯 ❸

1966年

4月13日	理工学部、投票の結果、ストを解除。第一商学部も投票によりバリケードを解く。第一、第二政経学部は教授会で処分を内定。除籍3名、無期停学7名。
17日	早朝、教育学部前で共闘会議学生と、ガードマン+運動部とそのOB+早学連の学生との間で乱闘。
18日	商学部、理工学部で試験実施。
19日	第一政経学部3年生の分離試験が早実で実施。共闘会議の学生はこれを阻止。
23日	大浜総長、辞表提出。
24日	全理事、2監事が辞表提出。
28日	早大闘争100日記念集会。夜11時頃、革マル派学生が「処分撤回」を叫んで本部に乱入、総長室を破壊。
30日	商学部再びスト突入。
5月 1日	入学式、2度に分けて挙行。
2日	第一政経学部は保善高校で、第一法学部は早実で3年生の期末試験。
16日	評議員会では、授業料手直しせず、施設費ダウンを打ち出す。
22日	第一商学部は学生投票の結果、スト中止、バリケード撤去。
27日	第一法学部の説明会で、明け方まで総長代行を退場させず、質疑応答。
28日	共闘会議主催のティーチインに出席した総長代行は夜11時半頃、疲労のため医師にすすめられて降壇。
6月 4日	第一政経学部の学生投票。スト中止に決定。翌日バリケードを撤去。この後、各学部でも学生たちの投票が続く。
22日	第一文学部の投票の結果、スト中止。午後6時すぎ、大学最後のバリケードが解かれた。

たちも白川静先生の凄さを知っていたから、道を開いて先生を校舎に入れたんだって。そうして、毎晩毎晩、研究室にこうこうと明かりがついているのを見ていたんだって」――。

私もそれに似た噂は聞いていたけれど、あらためて「いいねえ、白川先生」と言い合うのだった。さらに「白川先生には敬意を表した学生たちもいいよねー」とも。

そうだ。呉智英の著書『吉本隆明という「共同幻想」』（筑摩書房、のちにちくま文庫）には、こんなエピソードが紹介されていた。

「（多摩美大の学長の）石田英一郎は、全共闘学生の学長団交要求に、雲隠れするどころか学長室を自ら開放し、学生と議論を闘わした。そして、自分の大学改革案を提示して学生を次々と論破した。君たちの要求も熱意もよく分かる。私にもこのような改革案がある。一緒に手を携えて大学改革に邁進《まいしん》しようではないか、と。この石田学長の知性と誠意に全共闘の学生たちは感動し、自らバリケード封鎖を解いたのである。一説には『感動して泣きながら』という話も伝わっている」

全国の大学に吹き荒れた闘争の中で、ベビーブーマーである学生たちは、大人たちを試していた――というところも多分にあったような気がしてならない。「戦争を知らない子どもたち」である学生たちが、戦争を知る父親世代にケンカをふっかけて、その対応のしかたを試してみた――。そういう側面もあったように思う。

　他の人はどうだかわからないけれど、私としては大学側（戦争体験者である父親世代）が学生たちに対して、どういう形で立ちはだかってくるか？　ということに関心があった。

　現実シーンにおいては、白川静先生や石田英一郎学長のように個人として立ちはだかるということはほとんどなく、警察や機動隊を使うという、いわばイージーで権力的な形で立ちはだかってきたのだった。活動家学生との度重なる交渉で、体力を消耗しすぎて倒れたりした教授たちもいて、大人たちも必死ではあったものの。

　他の学生たちはどうだったかわからないけれど、私には父親世代の大人たちに対する潜在的な不信感とか疑問があった。なぜ、あの戦争をくいとめられなかったのか？

――と。

　私たちは敗戦による大反省時代に生まれ、民主主義教育の中で育ってきた世代なのだ。じかに自分の両親に対してではないけれど、大人たち一般に対する不信感や疑問は、のちの世代に較べると強いものだったように思う。大人を試していた。どう対応してくるかを見ていた。そういう意味では、ベビーブーマーたちの反乱は大がかりな親子ゲンカのようにも思える。

忘れ難い二人

そんな一九六六年の初夏の、よく晴れた、ある日——。いつものように浦和駅から京浜東北線に乗ってまもなく、シートに座っていた私の斜め前方に不思議な少年がいることに気がついた。

昼下がりで、乗客は少なく、座席はたっぷりあいているのに、その少年はドアに斜めに寄りかかるようにして立って、ジーッと外をみつめている。「なんで座らないんだろう」と不思議に思った。髪はやや長めで、白地に太いブルーのストライプのシャツに白いコットンパンツという小洒落《こじゃれ》たいでたちだった。

五つ目の赤羽駅で乗り換えた頃には、その少年のことは忘れていた。赤羽から池袋に出て、山手線に乗り換え高田馬場駅で下車。学バスで早大前に到着。すぐに学生会館の「社研・文研」の部屋に行って……うーん……三分後くらいだったかな、太いブルーの縞のシャツを着た、その少年が入ってきたのでビックリした。少年のほうもハッとした感じだった。

その少年は石井康夫君といって「文研」の新入部員なのだった。少年ではなく入学したての大学生なのだった。浦和の子だけれど高校は早稲田大学高等学院に通学していたという。

シャイで、口数は少なく、たまに口にするのは「気持悪い」とか「恥ずかしい」とか感覚的な言葉ばかりで、リクツっぽい言葉はまったく使わなかった。大学闘争の中でリクツっぽい言葉に取り囲まれていた私には、新鮮に感じられた。

ある日、部室に行ったら、私と同じ学年の文研部員（文学部・仏文科）の土屋修身《おさみ》さんが石井君と、確かフランス語のテストの話をしていた。どうやら上級生の土屋さんが下級生の石井君に教えを請うているという感じだった（彼らは卒業後も仲よく、いっしょに仕事をすることになる……）。

何年のことだったか記憶は定かではないのだが、とにかく文研部員が深沢七郎の『楢山節考』をテキストとして各自が読んでいた頃。石井君が新宿で転んで（もしかすると、ケンカして？）前歯を折ったり、体のどこだったかケガをして入院したことがあった。

私は土屋さんと共に病院にお見舞いに行った。水木しげるのマンガ『古墳大秘記』を手みやげにして。

ベッドに寝ていた石井君はうっすらと笑いながら「おりん婆さんになっちゃったよ」と言ったので、私は思わず噴き出した。

おりん婆さんというのは深沢七郎の『楢山節考』の主人公。この小説は衝撃的だった。山中の貧しい村が舞台で、七十歳になった人間は「楢山まいり」の名のもとに、山中深くに連れて行かれ、置き去りにされるというオキテになっていた。要するに口減らし。主人公のおりんは自分が頑健であることを恥じて、少しでも歳相応に見られたく、前歯を石で叩《たた》いて折ってしまうのだ……。それで、前歯がなくなったことを石井君は「おりん婆さん」と言ったのだった。

ヒューマニズムなんて吹っ飛ぶ、すばらしく図太い傑作。二度ほど映画化もされているけれど、なかなか、小説を越えるおりん像にはなっていない。

石井君は高校時代から新宿で遊んでいて、今や伝説の喫茶店となった「風月堂」(有名文化人が出入りすることで知られていた)に行っていたらしい。「風月堂」は私にはちょっと敷居が高かったので、もっぱらそのすぐそばの「ぼろん亭」に行っていた。そう、私は大学闘争収束後、喫茶店病に取り憑《つ》かれるようになっていたのだ。それも一人で、ボーッとしていたり、ノートに何ごとか書きつけてみたり。大学周辺のめぼしい喫茶店は、ほぼ制覇したんじゃないか。「茶房　早稲田文庫」、「あらえびす」、「ユタ」（当時珍しいオープンサンドイッチがあった）、「もず」（ジャズ喫茶）、「ジャルダン」……。当時の早稲田には多くの喫茶店があった。みんな、お金がなくても喫茶店代はケチらなかったのよ！

石井君は当時ポツポツでき始めていたディスコに行って踊っているとか、ジャン＝リュック・ゴダール監督の映画『気狂いピエロ』が好きなあまり、ポスターだか看板だかをかっぱらったという噂もあった（いやー、私も男の子だったら、やりかねない。『気狂いピエロ』、面白かったものねー、かっこよかったものねー）。

マンガは「ガロ」から「サンデー」「マガジン」ばかりではなく少女マンガ誌まで読んでいて、「このコマからこのコマまでの、（ヒロインの）目の動きが色っぽい」なあんてつぶやくのだ。説明しない批評。面白いなあと思った。

石井君は競馬にも関心を持っていた。どんないきさつだったか完全に忘れてしまったけれど、石井君と村上信夫君（二人とも私より一学年下）と私の三人で府中競馬場に行ったことがあった。私は競馬自体よりも競走馬の美しさに驚いた。あっ、それから予想屋のおやじたちの生態も見ものだった。

石井君も村上君も新宿の「小茶《こちゃ》」でよく呑んでいるようだった。私は遺伝的に下戸《げこ》（父も祖父もお酒が呑めず）なのだけれど、好奇心から「小茶」に行くようになった。「小茶のおばちゃん」と呼ばれている中年の女の人が仕切っていて、田中小実昌さんとか年長の有名文化人が来ると、石井君たち若い者は席をゆずって、店の前で立ち呑みしていた。鈴木いづみ（スキャンダラスな噂のあった、私と同世代の作家。三十六歳で首吊り自殺。当時の新宿を象徴するような人物）が酔っぱらって店に入ってくると、おばちゃんはなぜか露骨にイヤな顔をした。

ここから先は大学卒業後の話。石井君は土屋さんと競馬関係の情報を提供する会社にもぐり込んだ。私は御茶ノ水の出版社に勤めるようになっていた。

一九七〇年十一月二十五日。私の職場に土屋さんから電話があった。「今、三島由紀夫が市ヶ谷の自衛隊駐屯地に乱入して演説しているんだよ。石井君は市ヶ谷に飛んで行った」と。

エーッと驚くまもなく、職場の人たちがテレビの前で騒然となっていた。

私はそこに加わるのもイヤで、呆然としたまま屋上に行き、ひたすら市ヶ谷方面をみつめていた。

その夜、新宿で土屋さんと会い、しゃべり合うことで心を落ち着かせようとした。

毎年十一月二十五日になると、今でもその一日のことを思い出す。

「石井君は今、がんセンターに入っているんだよ」と土屋さんから知らされたのは一九九六年のことだった。ちょっと迷ったけれど、土屋さんといっしょにお見舞いに行った。手みやげに古今亭志ん朝の落語CDを持参して。

病室に入って石井君の姿を見て、「はたしてお見舞いに来てよかったのかどうか」と心配になった。あのスタイリッシュな石井君が尿バッグをさげている姿は、正直言って見るに忍びなかったので。私はつとめて明るくサバサバとふるまった。

土屋さんから石井君の死を知らされたのは、それからまもなくだった。四十八歳だった。

しばらく経ってから、土屋さんと共に浦和の石井君の家に行って、奥さんの典子さんと語り合った。石井君の生家はそのあたり一帯の地主で、財産は弟にゆずる形にして、その代わりに石井君夫婦の家を建ててもらったようだ。

一階には大学時代に私なぞも読んだポップでエンターテインメント的な本や雑誌が置かれていて懐かしかったが、地下の書庫を見てビックリ。永井荷風全集とか谷崎潤一郎全集とかシブイ本がズラーッと。

トドメを刺すかのように『二笑亭綺譚《にしょうていきたん》』まであった。これは戦前の東京（門前仲町）に建てられた、ある怪建築の話である。一人の素人がほぼ全財産をなげうって、自分の理想とする家をデザインし、職人に造らせたのだが、デザインのすべてが奇妙奇天烈《きてれつ》なのだ。明らかに狂った人の生み出したデザインなのだけれど、異様な迫力と病的な魅力（のようなもの）がある。当時の有名精神科医・式場隆三郎はその怪建築に入り込み、つぶさに調査し、批評した。それが奇書『二笑亭綺譚』なのだった。

私はその話を八〇年代前半に文芸評論家（もとは建築家）の松山巖さんから聞いて興味津々だったのだ。一九八九年には藤森照信・赤瀬川原平らの文章を添えた『二笑亭綺譚　五〇年目の再訪記』（求龍堂）が刊行された。さっそく買って読んだ。まったくもって、頭がクラクラするような怪建築なのだった。その頃、私は勝鬨《かちどき》橋近くに引っ越していたので、門前仲町はそう遠くない。自転車を飛ばして二笑亭の跡地とおぼしきところ（インテリア店？）を見に行った。陰の気が漂っているふうに感じた。だから石井君の書庫にそれを発見した時は、「あっ、やっぱり、石井君はスゴイ！」と興奮したのだった。

口惜しいなぁ、石井君、早く死んじゃって。いや、早世したからこそ石井君の人物像がくっきりと鮮やかになっているのかもしれないが。死者は生者より確固とした存在感があるものだから。

話はちょっと早稲田から離れるのだけれど、たぶん一九六六年か六七年の頃に、やっぱり電車の中でバッタリ会った宮原悦司君のことも書きとめておきたい。

宮原君は中学三年生の時にクラスメートだった人。ずばぬけて成績優秀で、ある日の朝礼では、校長が「宮原君の中間テストの平均点は、本校創立以来、最高でした」と言った。確か九十九点近い数字だったと思う。私はそんな宮原君と同じクラスであることを、ちょっとばかり誇らしく思った。他の級友たちも同様だったと思う。

決してガリベンという感じの子ではなかった。もの静かで、偉そうにするところは全くなかった。色白でメガネをかけていて、背は高いほう。校庭で野球やサッカーをやっている男子たちを眺めながら、「いいなあ、うらやましいよ。あんなふうに動けるなんて」と呟いていたのを思い出す。

級友の話では、宮原君の下には弟がいて、お母さんは商店街のショッピングセンターで働いているということだった。

春だったか秋だったか、遠足のバスの中で歌うのが好きな子たちが次々とマイクを握って歌っていた。やがて宮原君のところにもマイクが回ってきた。宮原君はイヤがる様子も見せず、ザ・ピーナッツの「可愛い花《プティット・フルール》」と、「侍ニッポン」を歌った。私は「侍ニッポン」という選曲にシビレた。

「人を斬るのが侍ならば　恋の未練がなぜ斬れぬ　伸びた月代《さかやき》さびしく撫でて　新納鶴千代にが笑い」――という歌詞。昭和六年に公開された映画『侍ニッポン』の主題歌で大ヒット。作詞・西條八十、作曲・松平信博、唄・徳山璉《たまき》。私が生まれるずうっと前の歌だけれど、何だかクールで、虚無的で、カッコいいと思っていたのだ。さすが宮原君！　と思った。

宮原君は浦和高校に進学。交流は途絶えていたのだが、高三の春だったと思う。近所の同級生で浦和高校に行っていたM君が家に来て、「宮原君が網膜剝離で手術することになった。カンパしてくれない？」と言うのでちょっと驚いた。もちろんカンパした。

その秋のこと。私が通学していた女子高の文化祭に宮原君が現れたのでビックリした。女子高に足を踏み入れるようなタイプの人ではないと思っていたので。誰かの招待を受けたのかもしれない。私はちょっとだけ立ち話をした。目のことにはあえて触れなかった。まぁ、とにかく手術はうまくいったのだ、と安心した。

誰もが宮原君は東大に行くものだと思っていたのだが、噂では東京教育大に進学したという。

電車の中でバッタリ会った。「お茶でも飲もうか」ということになって、浦和駅近くの喫茶店へ。

何をどう話したのか全然おぼえていない。たぶん、早稲田では社研に入って早大闘争では右往左往して……といった話をしたと思う。とにかく宮原君には「中野さんはあいかわらずだなあ」と言われてしまった。「ダメなんだよ、それじゃあ、深い井戸の中をのぞき込むように自分という存在の奥をみつめなければ……」と言われたことだけはハッキリとおぼえている。（そうか、宮原君は実存主義者ってやつになったのか……）と感じた。何だかモヤモヤと、割り切れない気分のまま別れた。

宮原君の訃報に接したのは、大学を卒業して四年後。宮原君と同様、浦和高校に進学していた男友だちが宮原君の遺稿集を届けてくれた。略年譜を見たら、生まれ育ったのは東京の神田錦町（大ざっぱに言えば神保町）。同じアパートに作家の丸岡明と〝原爆詩人〟原民喜がいたという。十歳の時に浦和に引っ越してきた——ということがわかった。大学を出たあと講談社の編集部にいたということも。死因についてはハッキリと書かれていなかったが、編集後記に「宮原の霊よ、後を追うようにしてやはり事故で亡くなられた御母上の霊よ、安かれ」とあったのが、痛ましい。宮原君は、お母さまは、ほんとうに事故死だったんだろうかという疑問が湧いた。

とにかく、その遺稿集は宮原君の大学ノート四十数冊にびっしりと書かれたものを、約二十分の一にまとめたものだという。

難解なところも多々あったけれど、共感するところも多々あり。私と会った時は学生運動に批判的な印象だったが、実は宮原君、一九六七年の、あの過激な羽田闘争（六七年秋、佐藤栄作首相の南ベトナム訪問を阻止する闘争。京大生一名が死亡）にも参加していたのね。フラットなニヒリストではなかったのね、やっぱり。大学二年のあの時点では私はいい話し相手になれなかった。そのことが、つくづく悔やまれた。

さりげなく書かれた一節――。「生きるより他に、矛盾するだけ矛盾して、自己矛盾しつくす他に、手はないのだ」にハッとする。それは私が早大闘争の後、混乱した頭の中でひねり出した言葉と似たものだったから。私の場合は、自分のハンパさや、いちずになり切れない分裂的な性格に苦しんだあげく、「分裂を分裂として深化せしめよ」なあんていう武骨な言葉になってしまったのだけれど……。

石井君と宮原君。若くして逝ってしまった二人。私の中では生き続けている。あざやかに。

深夜のお散歩事件

夏休みは前年と同様、社研の合宿で信州の野辺山へ。男子は七、八人、女子は確か五人が参加した。ここでちょっとした事件（？）が起こった。

マルクス、エンゲルスの著書をテキストにした読書会をメインにした合宿なのだが、夜はビールを飲みながらの雑談。結構遅くまでしゃべり込んでいたと思う。

やがて解散ということになって、男子と女子は隣り合った部屋に分かれた。その時、男子のK君、S君、それから女子のYさんとその友人（名前は忘れた）の四人が「ちょっと散歩に行ってくる」と言って外出した。

あれはいったい何時頃だったのだろう。夜中にフッと目がさめた。「ああ、合宿に来ているんだ」と思いながら何気なくそばを見ると、二人分のフトンがカラになっている。散歩からまだ帰ってきていないのだ。

今はもう違うのだろうが、当時の野辺山は駅近くにポツンポツンと人家があるだけで、明かりに乏しく、夜は闇に包まれていたと思う。月明かりが頼りといった感じだったと思う。

寝つけないまま、だんだん心配になってきた。道に迷ったんじゃないか？　崖から落ちたんじゃないか？……と。

それで、つい、隣に寝ていた植松己美子さん（私より一学年上で、とても面倒見のいい人。みんなから慕われていた）を起こして、「Yさんたち、まだ帰ってきてないのよ」と言ってしまった。

　植松さんは「あら、ほんとだ。どうしよう、とにかく外池さんには言っておこうか」と言うので、二人で隣の部屋に行って外池さんを起こして相談した。

　相談したからといって、何ができるわけでもない。今すぐ探索に出かけるほどのことではないだろう。大丈夫だよ、そのうち帰ってくるよ……と言われ、それもそうだなと思って引きさがった。気がすんだのか、そのあとはグッスリ眠った。朝起きたら、Yさんとその女友だちは、ちゃんとフトンの中で眠っていた。

　さて、その日の読書会はちょっとした騒ぎになった。冒頭で外池さんから「夜のお散歩」について、ヒトコト、注意があったのだろう。勝手な行動はつつしむように――とか何とか。
　それに対してK君、S君、Yさんは反発。「そこまで束縛されることは無い」「子ども扱いしないでくれ」「何をしようと、人に迷惑かけたわけじゃない」とか何とか

(実は発言内容はほとんど覚えていない)。とにかく強硬に反発した。

それで、こちらも態度が俄然、硬化してしまった。気がついた時、私は「プライベートで遊びに来てるんじゃない。社研という組織で来てるんだ。規律は守ってもらわないと事が運ばない」とか何とか。今にして思えば、まったくガラにもない、生硬な言葉を口にしていた(と思う)。うーん……恥ずかしい。

卒業後何年か経って植松さんと会ったら、「あの時は私ほんとうに怒っていたのよ。K君は私の大親友のOさんとつき合っていたのを知っていたから。浮気めいたことをしたのが許せなかったのよ」と言うのだった。ああ、そうだったのと私は納得した。学生会館でK君がOさんと親しげに話しているところを何度か見かけていたから(二人はその後、めでたく結婚)。

Yさんもその女友だちも不思議な雰囲気を漂わせている人だった。

Yさんは小柄できゃしゃで色白の美少女風。小さな声でささやくようにしてしゃべる。どこか「心、ここにあらず」といった、幻想的ムードを漂わせていた。ドイツのロマン派文学に惹かれているという話だった。

その女友だちという人も変わっていた。細身の長身で、髪は日本人形風オカッパのストレート。メガネをかけていた。服はまったく飾り気のない白いシャツに紺か何かのスカート。無表情で無口。彼女を見かけたのは、その合宿の時だけだった。

後年、女子部員のAさんが「深夜のお散歩事件」について「合宿の夜、無断外出した部員を座らせての総括シーンを思い出すと、今でもちょっとびびる」と、まるで連合赤軍リンチ殺人事件（七一〜七二年。十二人もの同志が総括という言葉のもとに殺された）のようにコメントしていたのには、ちょっと傷ついた。Aさんはあの場にいなかったのでは？　人づてに聞いただけでは？　無断外出ではなかったし、和室だからみな座っていたのだ。ただの口ゲンカ。あの連合赤軍リンチ殺人事件における「総括」という言葉は重いものだ。茶化して使ってほしくなかった。

連合赤軍事件

ここでちょっと説明が必要だろう。私の世代にとっては一連の連合赤軍事件（七二年二月の「あさま山荘事件」、そして三月に発覚した「山岳ベース　リンチ殺人事件」）は一大衝撃だったのだけれど、それより下の世代にとっては何が何やら……といった感じだと思う。

ごくごく簡単に説明すると、七〇年代に入った頃には学生運動は一般社会から遊離し、どんどん過激化、尖鋭化、内向化して行った。その中で生まれた連合赤軍は軽井沢の保養施設「あさま山荘」に押し入り、施設の管理人の妻を人質にして警察と銃撃戦を展開した（これはＴＶでハデに生中継された）。

さらにその後、群馬の山中で次々と連合赤軍のメンバー十二人の遺体が土の中から発見された。山中に連合赤軍のアジトが発見され、下山していたメンバーたちも続々と逮捕された。

そうして驚愕の事実が明るみに出ることになる。リーダー格の森恒夫、永田洋子、坂口弘は「総括」の名のもとに同志たちをリンチし、殺害したり、自殺に追い込んでいたりしたのだった。

「総括」というのは一般的には「まとめる」といった意味しかないが、左翼の一部では「反省」とか「自己批判」といったニュアンスで使われるようになっていた。一般社会から孤絶した異様な生活の中で、この「総括」という言葉は革命戦士としての忠誠度をはかる言葉として絶対化されていった。その裏には森たち三人の権力志向と自己保身があったはずだ。他者を攻撃することによって自分のアイデンティティとか権力を守ろうとするような。現実社会と接点のないところでイデオロギーの純粋化、尖鋭化、過激化がエスカレートしていった。まったく粗雑な形で。

「総括」が不十分と見なされた者は、内臓が破裂するほど激しく殴打されたり、氷点下の屋外にさらされたりして死んでいった。「総括」に対して消極的だった者はアイスピックやナイフで刺され、さらに首を絞められて殺された。遺体はすべて全裸で土中に埋められた。わずか二カ月足らずの間のことだった（二〇〇八年に『実録・連合赤軍　あさま山荘への道程《みち》』という映画が公開された。監督は奇才・若松孝二）。

リンチ殺人事件は決定的だった。当時私はもう大学を卒業して出版社に勤めていたが、その報道に接して慄然となると同時に、「もうダメだな、何かが、どこかが、決定的にまちがっている」と痛感した。そのことも少しあって、会社を辞め、ヨーロッパ一人旅に出た（最初の一カ月は友人の弟がガードマン係としていっしょだったのだが、彼はまだ学生で、夏休みが終わるので一カ月ほどで帰国。あとの二カ月は一人だった）。ミーハー的なヨーロッパへの憧れの中にも、連赤事件によって混乱した頭を静めたい、整理したい、という気持もあったのだ。

逮捕された森恒夫は獄中で自殺、永田洋子は二〇一一年に病死、坂口弘は死刑が確定する中で短歌を詠《よ》むことに救いを見出し、死刑囚として服役中。二十五歳で逮捕されて、二〇一六年の秋には七十歳になった。四十五年というもの、死刑囚として生きてきたのだ。そして今もなお。

「総括」という言葉には、そんな惨劇の記憶がこびりついていた。重い言葉だった。

その重さも、時代の中でたちまち薄れていった。もともとの「まとめる」という意味しか持たなくなった。いいことだと思う。

けれど、連赤の惨劇をリアルタイムで思い知らされた人たちの間で、茶化すような言い方で、この言葉が使われるのは、あんまり気分のいいものではないのだった。いまだに。

ついつい話が長くなってしまった。学生運動が盛んだった六〇年代後半に左翼学生同士がよく使っていた言葉を、ついでに思い出してみると——

ゲバルト（暴力）、アジる（扇動する）、パクられる（逮捕される）、日和《ひよ》る（運動に対して距離をおき、傍観する）、オルグする（組織に引き込む）、消耗する（運動の中で疲れたり、無気力になったりする）……といった言葉がよく使われていた。他にもいろいろあったような気がするけれど、思い出せない。ついでに言うと、「社研」でも「文研」でも、必殺の（？）ケナシ言葉は「民青センス！」だったと思う。

はたちになりたての私がコナレた女ではなかったというのは事実だ。青くさかった。社研という場での私は、なぜか生硬になりがちなのだった。無理をして理論武装していた。今にして思えば、自分に似合わない服（イデオロギー）を着ていたせいだろう。

この頃から私は自覚し始めた。私は「思想的人間」ではないな、「感覚的人間」だな、と。だから無意識のうちに、社研よりも文研の人たちのほうを面白がってしまうんだな、と。

それでも外池さんや植松さんはじめ、社研には人柄のいい人が多かったし、自分を何とかして左翼と思いたかったので、退部することはなかった。そのまま居続けた。

そうそう、もう一つ思い出した。その合宿で、昼の読書会の時に「福田恆存《つねあり》に興味がある」と言ったら、即座に「保守反動だろー」の一言で片付けられてしまった。私も福田恆存の著作をたくさん読んだうえでの発言ではなかったので、サッサと引っ込めた。

今思い出して自分でも意外に思う。はたちになるかならないかという時点で、私、もう福田恒存に惹かれていたんだな、と。身にしみて読んだのは、ずうっと後。三十代になってからのことだった。

女友だち、男友だち

夏休み明けの九月には初めてのアルバイトをした。三日間だけだが。高校時代からの親友K子のお姉さん（三菱系の会社に勤めていた）から持ち込まれた話。晴海で「エレクトロニクス・ショー」というのが開かれるので、コンパニオンをやらないか？　と。

今ではコンパニオンといったら容姿端麗ということになるのだけれど、当時は容姿はどうでもよかったので、喜んで引き受けた。私の他にはK子と東京外語大の女友だち二人。ギャラは大したことなかったけれど、食券がふんだんに使えるというのがよかった。

私と外語大のMさんは、カー・ステレオの試聴室に配属された。ラベンダー色の半袖ミニ・ワンピースを着て、試聴室の出入口でビラを配り、客を試聴室に引き込むという仕事。なんでも「4トラックから8トラックになった最新のカー・ステレオ」なのだそうだ。その意味、私は全然わかっていない。

何十分おきだったろうか、客入れをした試聴室は暗くなり、「ラヴァーズ・コンチェルト」と「流浪の民」の音楽が流される。私は何度も何度も聴かされることになり、ウンザリ。客に8トラックに関して、こまかい質問をされて「学生アルバイトなんで……」と白状するのも恥ずかしかった。一度だけだが、客に「連絡先、教えて」なんて言われて困りながらも「女の子」扱いされて悪い気はしなかったりして。

近くのレストランで食券をフルに使えたので、K子は、なんと、ハンバーグ一皿＋スパゲッティ・ミートソース二皿をたいらげた。大笑い。何を食べてもおいしかった頃――。翌年は確か一週間、同じアルバイトをした。

同じクラスの、もう一人の女子・Sさんは、偶然だが、社研・文研部室の向かい側にある政経攻究会に入っていた。そのこともあって、頻繁に会って話し込んだり、一緒に映画を観たり、小さな贅沢（有名ホテルに行ってケーキを食

べる）をしたりしていた。大学後半は、三、四回だったかな、一緒に旅行もした。

Sさんは抜群に頭がよかった。授業中、たいしてメモも取らずボーッと聞いている感じなのに、全部頭の中に刻み込まれているようだった。

お家は高田馬場の隣駅の目白と池袋の中間。有名女子高から早稲田に入学したのだった。どうやら東大を狙っていたらしい。早稲田に似合わない、おっとりと優雅な雰囲気を漂わせていた。

同じ政経学部で社研男子部員のUさんを交えて三人でおしゃべりすることも何度かあった。Uさんは、ひたいの広い老け顔で（漫才の「ナイツ」の塙宣之《はなわ》にちょっと似ている）、ノ〜ンビリした口調でしゃべるのと、見た目に似合わず三島由紀夫や実存主義や美術方面も好きだったりするのが面白く、顔を合わせれば喜んでしゃべり合うのだが……うーん……私、なぜか三十分後にはイライラしてくるんですよね。

スローな口調と共に、どこか決定的に美的センスの違いを思い知らされてイラつくのだった。そうだ、この年だったかどうか、Uさんとその弟と私の三人で、新宿の喫茶店で会ったことも。弟さんは東大ストレートだそうで、見た目もちょっと違っていた。

卒業後、だいぶ経って知ったことだが、Uさんは某・大企業の御曹司なのだった。卒業後はその企業に入社して、南米のどこだったかの支社に赴任していたこともあった。帰国後に、銀座のホテルのティールームで会ったら、もともと老け顔のせいか、大学時代と変わらない印象だった。再会して初めの二十分くらいは愉しく懐かしかったのに、三十分後くらいからイラついた。大学時代と同じイラツキだった。なんでこうなるの!?

それからさらに数年後、「すばらしい絵があるんだ、ぜひ見て。僕はこの人の絵をコレクションしているんだ」という連絡があったので、日本橋三越のギャラリーに足を運んでみたのだけれど、これがシリアスなスーパーリアリズム系の絵で、まったく、全然、決定的に、私の趣味では無かった。

五、六年前にも外池さんと共に、丸の内の高級レストランでごちそうになり、話がはずんだものの、やっぱり三十分後には、なぜかイラついている私なのだった。それなのに、時どき会いたくなる。仲がいいんだか悪いんだか、いまだにわからない。

クラスメートの男子では、クラス委員の丹野さんと親しくしていた。お互いに話し好き、ただし興味の無いことに関しては俄然、無口になる——というところが似ていた。

丹野さんの下宿というのが、なかなかシブかった。永泉館と言って、大学の裏手の安部球場（今は無い）のすぐそばにあった。学校まで徒歩数分という感じだった。

永泉館は、もしかして戦前からの!?　と思ったくらい古風な学生下宿だった。木造二階建て（三階建てだったかも）の古びた建物で、広い玄関脇に、なぜか大きな丸い石が置かれていた。玄関を入ると左右にズラリと大きな下駄箱が並んでいた。そこで待ち合わせて喫茶店へ。

もちろんスマホなど無い時代。どうやって私は丹野さんと連絡を取っていたのだろう。

ある時、私は高田馬場駅近くのクラシック音楽喫茶「あらえびす」で一人でボンヤリと楽しんでいたのだが、さあ帰ろうと思ってサイフの中を見てビックリした。

一杯のコーヒー代にも足りないくらいの小銭しかなかったのだ。これじゃあ無銭飲食になってしまうと焦りまくって、そうだ、丹野さんにお金を借りようと思いついて、「あらえびす」の電話を借りて、丹野さんに電話した。うまい具合に丹野さんは下宿にいて、すぐに「あらえびす」に来てくれた。ホッとして、あらためて二人で雑談した。

永泉館の各部屋に電話が備えつけられていたとは考えにくい。私が丹野さんの連絡先と思ってかけたのは、たぶん永泉館の電話番号で、呼び出し式になっていたのだろう。あの時、丹野さんが外出していたら……と思うとゾッとする。

丹野さんとは、たびたび喫茶店で話し込んでいた。おしゃべりのイキが合うような気がして。夏目漱石と（たしか）オスカー・ワイルドが好きだと言っていた。

この年、丹野さんは一冊の詩集を見せてくれた。もう一人のクラス委員だった茶谷幸治さんの『跛行形』と題する詩集だった。

茶谷さんとはほとんど話したことがないのだけれど、大人びて、クールで、生活力もたくましいという印象だった。丹野さんからか誰からだったか忘れたけれど「茶谷君は鷺宮《さぎのみや》で易者のアルバイトをしている」と聞いて、「さすが茶谷さん」と笑った記憶がある。

さて、その詩集を借りて読むと、私には難解で、とても歯が立たなかった。でも、一人、超然と立っているというような印象があり、やっぱり茶谷さんは大人なんだなあと思った。

それが刺激になって、私は雑誌「現代詩手帖」を読むようになった。

四年生の時、茶谷さんは電通というところに就職が決まった――という噂を聞いた。「エッ、何？　デンツーって」と私は思った。当時、電通はそれほど有名ではなかったのだ。

その後、茶谷さんは電通から独立して多くの大プロジェクトのイベントなどを手がけることになったようだ。何の仕事だったか忘れてしまったけれど、街づくり的な巨大プロジェクトの仕掛け人として新聞にその名が出ていた。さすが茶谷さん、と思った。

この年ではなく、三年生から四年生になった頃だと思う。丹野さんは「朝日ジャーナル」の懸賞論文に入選した。自慢するタイプではないけれど、さすがにうれしそうだった。やがて、朝日新聞社に入社。出版局に配属されて、「アサヒグラフ」や「アサヒカメラ」の編集者になった。丹野さんはカメラマン・荒木経惟《のぶよし》さんの作品も人柄も大好きで、一度、新宿の居酒屋で三人（荒木さん、丹野さん、私）で会食。アラーキーに紹介してくれた（実は、私はそれ以前にフリーのライターとしてアラーキーにインタビュー取材したことがあって、写真を撮られたりもしていたのだが）。

丹野さんはお酒が好きで、新宿の「アンダルシア」というバーによく通っていた。私は相変わらずお酒は苦手だったけれど、丹野さんとのおしゃべりは楽しいので、「アンダルシア」に何度かついて行った。呑めばお酒に少しは強くなれるかも、と思いつつ。そこで同世代のカメラマン・平地勲さんや建築家（のちに作家・文芸評論家）の松山巖さんといった人たちと知り合いになった。二人ともフリーランス。私もフリーのライターになっていた。みんな、先が見えないまま、「自分を信じる他はない」と思っているふうだった。

この年のことだったと思うが、丹野さんはじめ三、四人の男子クラスメートと喫茶店（確か文学部そばの「ジャルダン」だったと思う）で雑談していたら、自炊の話になって、「インスタント・ラーメンに、卵が入ればいいほうだ」と誰かが言い、みんな「そうそう」とばかりうなずきながら笑っていた。

私は「へえーっ」と、ちょっと驚いた。家に帰って、笑い話として、その話をしたら、母は「あら、まあ」と驚いて、「これでパンでも買ってあげて」と言って、千円札一枚を私の手に握らせた。

私は「そんなつもりで言ったんじゃあないんだけど……」と困惑しながらも、翌日だったかな、その千円でパンを買った。その時代の千円は今より価値があったから、小型のダンボール箱がいっぱいになるくらい、たくさんのパンが買えた。

キャンパスでクラスメートに配った。男子たちは喜んでくれていたふうだったけれど、私は妙に恥ずかしかった。私は根本的に「ひとの世話を焼く」というのがテレ臭くてたまらないようだ。

ビートルズ、そしてGS

この一九六六年というのはビートルズ来日という、日本の音楽史上、エポック・メーキングな年なのだった。

当時の若者たちの多くが熱狂した。私の長年の友人であるイラストレーター・上田三根子さんも、放送作家の高田文夫さんも、高校生として武道館公演に詰めかけた。その一日のことは今でも鮮明におぼえているようだ。

一生の不覚だが、私はビートルズの凄さがいまひとつ、わからなかった。たぶん高二の頃だったと思うが、雑誌「リーダーズダイジェスト」に「今、イギリスではビートルズというバンドが大人気。ビートルというのはカブト虫のことだ」とあったので、ウッスラながら興味は持っていたのだ。

最初はたぶんラジオで聴いたのだろうが、新鮮な印象は持ったものの、子どもの頃にエルヴィス・プレスリーの「ハウンド・ドッグ」やリトル・リチャードの「ルシール」を聴いた時ほどの衝撃は感じなかった。数かずの五〇〜六〇年代アメリカのポップス（のちにオールディーズと呼ばれる）への愛着も強かった。それで、つい、ビートルズ人気に乗れなかったのかもしれない。

大学を卒業して二年後、熱狂的なビートルズ・ファンの女友だちができて、私もやっとビートルズの魅力を理解した。

ビートル（カブト虫）のスペルは beetle なのに、ビートルズのスペルは beatles ですよね。わざと e を a に変えたのかな、シャレで、と疑問に思っていたのだけれど、どうやらジョン・レノンとその親友スチュアート・サトクリフ（五人目のビートルズとも言われた）の造語であるらしい。

アメリカでは当時、ジョーン・バエズやボブ・ディラン（二人ともビートルズと同世代。戦後のベビーブーマーより五、六歳上）のフォークが大人気。何しろ私は左翼少女だったからジョーン・バエズの反戦的フォークにはコロリと転がされた。そのシブイ顔立ちと共に。それなのに二、三年後には、まったく無関心に。フォークという音楽ジャンル自体があんまり好みではなかったようだ。

同世代人がビートルズに夢中になっている中で、私が夢中になったのは、ビートルズの影響を受けて次から次へとデビューした日本のグループサウンズ（GS）だった。こちらはずうっとわかりやすかった。笑えるしね。着慣れた服のようにフィットした。やや年長のザ・スパイダースを筆頭に、翌年には次から次へと同世代の男子たちのグループが登場してきた。少女マンガの王子様か騎士のようないでたちで。何だかよくわからないまま「面白くなってきたぞ」と思った。

ジュリー（沢田研二）とショーケン（萩原健一）は別格として、私が特別に応援（？）していたのがザ・タイガースの岸部おさみ、サリー（のちの岸部一徳）。TVカメラがジュリーばっかりで、後ろのサリーをなかなかクローズアップしてくれないのがジレったかった。

ひとり映画

映画もそんなに熱心ではないけれど観ていたようだ。確かこの頃から一人で映画館に行くようになったと思う。「ひとり喫茶」に次いで「ひとり映画」ね。一人のほうが集中できるし、思い立った時、即、行けるという気軽さがよかった。

強い印象を残したのが三時間二十分近くの超大作『ドクトル・ジバゴ』。ロシア革命を背景にしたドラマティックな話で、モスクワの街並や戦闘シーンや水仙の花咲き誇る田園風景の壮大さに息を呑んだ。主役のオマー・シャリフやジュリー・クリスティよりも、脇役で赤軍のリーダーを演じたトム・コートネイが気に入った。

これは同じ学部のM君と観たのだけれど、隣にいるM君のことはすっかり忘れて画面に見入った。日比谷の有楽座。終わってから向かいのビルのカレー屋で食事。カレーにゆで卵が乗っかっているのが珍しいな、マネしてみようと思った。おぼえているのはそれくらい。その後、キャンパスでM君にバッタリ会った時、「コンタクトレンズをしていて、風が吹くと目にしみるんだよ～」と嘆いていたのが何だかおかしかった（当時、コンタクトレンズは普及したて）。それしか記憶なし。その後は全然見かけなくなった。退学したのかな？

安部公房原作、勅使河原宏監督コンビの『他人の顔』はちょっとわかりにくかったけれど、そこが大人ぽい感じで惹かれた。当時、文研の間でリスペクトされていた日本の作家は、どうやら三島由紀夫、深沢七郎、安部公房——という感じだった。

そうだ、今、思い出した。確かこの年だったと思う、文研の児島よた六さんが深沢七郎の『風流夢譚』の海賊版を作って、私たちの間を売り歩いていたのだ。『風流夢譚』は雑誌「中央公論」一九六〇年十二月号に掲載され、その内容の過激さに激怒した右翼少年が中央公論の嶋中鵬二《ほうじ》社長宅を襲撃、家政婦が殺され、社長夫人は重傷を負った（いわゆる嶋中事件）。これにショックを受けた深沢七郎は数年間、筆を絶ち、国内を放浪した。

そういうわけで『風流夢譚』は、いわば発禁状態になっていたのだ。児島さんはその海賊版を作ったのだった。ガリ版なんかではなく、ちゃんと活字で印刷したもので、装丁もかっこよくできていた。

迷わず買って、読んでみてビックリ。夢の中の話にしているのだけれど、かなりの残酷描写というか冒瀆的な話だった。右翼が激怒したのも無理はない、と思ったほど。にもかかわらず、小説自体は面白かった。繰り返し読む気にはなれないけれど。

のちに深沢七郎の小説をいくつか読むようになって、深沢七郎には何の悪意もなく、皇室批判でも何でもなく、想像力のおもむくままに書いたものであることが確信できた。深沢七郎には妙な図太さと、妙な小心さが同居している。

何かの文学賞の選考の席で深沢七郎の名前が出た時、選考委員だった三島由紀夫が、一言、「こわい……」と言ったという話。私、なんだか好きです。三島の弱味がポロリと露呈した感じで。

数年前、呉智英から思いがけない話を聞いた。

私たちが早大にいた頃、近くの「安兵衛鮨」に当時二十五歳になる老犬がいたという話だった。犬好きの私はビックリ。「エーッ、私、それ知らない！」と言うと、先生は得意になって、

「エッ、知らないの!?　有名だったんだよ。『俺たち、戦争は知らないのに、あの犬は知ってるんだよねー』と言い合って笑ったんだよ」と言うのだった。「なんで教えてくれなかったのよっ！」と私。

ほんと、見たかったなあ、触りたかったなあ。

「安兵衛鮨」というネーミングも、いいじゃないの。赤穂義士の堀部安兵衛「高田馬場の決闘」にちなんでいるわけでしょ。私、子どもの頃、講談社の『赤穂義士銘々傳』というのを夢中になって読んでいて、堀部安兵衛が一番好きだったのだ。「安兵衛鮨」は今でもあるのだろうか？　その犬は結局何歳まで生きていたのだろうか？名前は何と呼ばれていたのだろうか？

「ガロ」に夢中

相変わらず「ガロ」を中心にマンガも熱心に読んでいた。

この年には「少年マガジン」で梶原一騎原作、川崎のぼる画の『巨人の星』がスタートして大人気になるのだけれど、私はまったく乗れなかった。絵がイヤだった。体の筋肉や、それによる服のシワがリアルに描かれているところが。眉毛も太すぎないか？　で、思いっきりパス。

ジョージ秋山のギャグ・マンガ『パットマンX』『ほらふきドンドン』を好んで読んでいた。卒業後になってしまうけれど、ストーリー・マンガの『銭ゲバ』ね、『アシュラ』ね。子どもを見くださず、きちんと「悪」を描いているところに惹かれたのかも。

ギャグ・マンガ界はほぼ「赤塚不二夫の時代」。向かうところ敵無しという感じだった。谷岡ヤスジの『メッタメタガキ道講座』の連載（「少年マガジン」）がスタートしたのは七〇年。私はもう大学を卒業していたわけだけど、谷岡ヤスジの登場は衝撃的でしたね。ギャグは言うまでもなく絵柄がすばらしい。

御大・手塚治虫も膨大な仕事をかかえながら『鉄腕アトム』をTVアニメ化。藤子不二雄も『オバケのQ太郎』を大ヒットさせていた。凄い時代です。

いっぽう「ガロ」では、白土三平の『カムイ伝』ばかりではなく、つげ義春と滝田ゆうが、それぞれ独自の世界を着々と切り開いていっていた。私は『カムイ伝』よりも、この二人に注目していた。新人・佐々木マキの登場にもビックリ。物語ではなく詩のようなイメージの連鎖。杉浦茂マンガを思い出させるポップでシュールな世界……。

この頃、ベトナム戦争は泥沼化。アメリカの同世代たちは北爆に対する反対運動を展開していた。日本でも、前年に結成された「ベトナムに平和を！市民連合」＝略称

「べ平連」が若者たちの関心を惹いていた。中核メンバーとなったのは作家・小田実《まこと》、哲学者・鶴見俊輔、政治学者・高畠通敏。

中国では、毛沢東を熱狂的に支持する若者たちが紅衛兵を名乗り、『毛沢東語録』を掲げ、「反動分子」を吊るし上げたり抹殺したりしていた。結局、一億人近くの国民が被害にあったという。いわゆる「文化大革命」。これによって劉少奇や鄧小平は資本主義に加担する「走資派」と見なされ、失脚。

よくも悪くも、世界的に、戦後生まれのベビーブーマーたちが力をふるいはじめていたのだった。

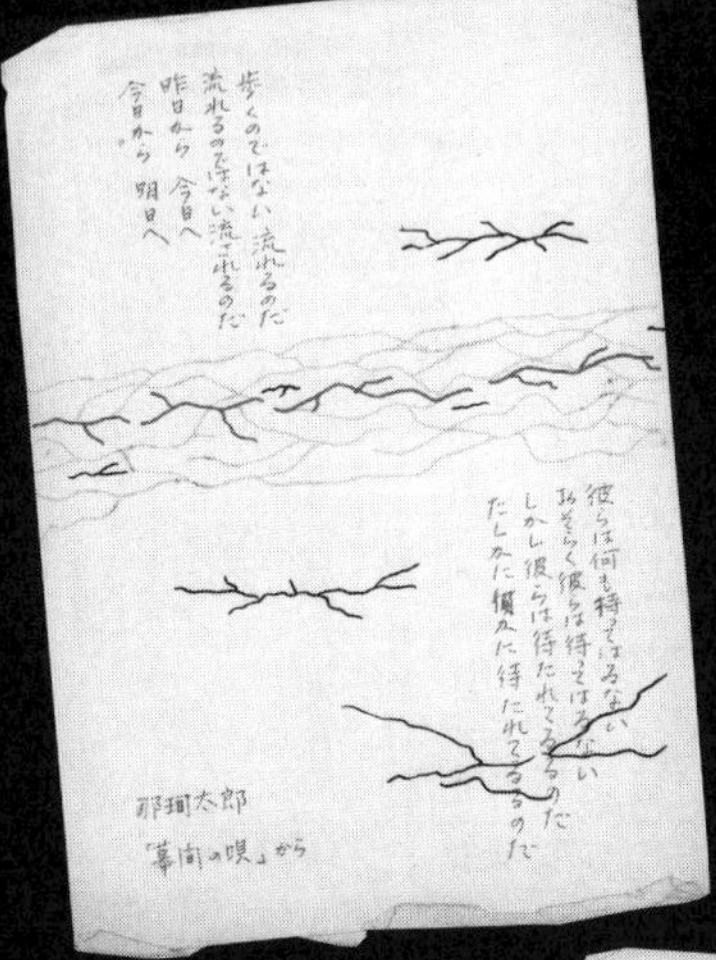

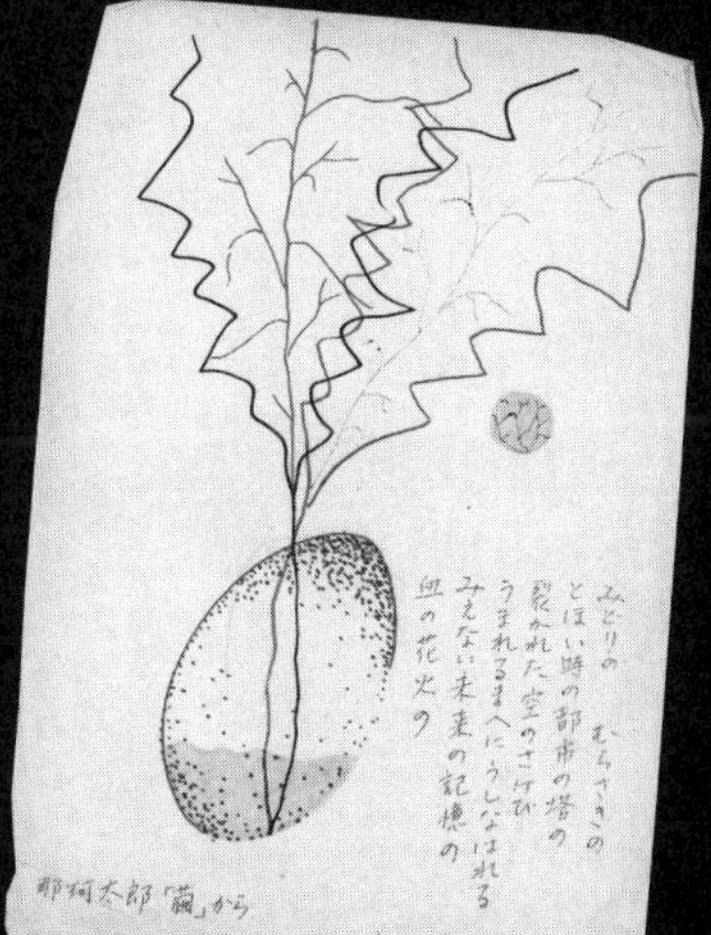

那珂太郎（1922-2014）の詩が気に入ったらしく、カラーのサインペンで絵をつけている。字は今よりキレイかも

1967年

わたしの駒よ、はやるな

どうやら私は前年の後半あたりから吉本隆明に関心を持ち始めたようだ。

きっかけは、たぶん、平野謙（政経学部の「文学論」の授業で、私のことを「不愉快だ」と言った人ね）の重要テーマであった「政治」と「文学」の関係について、平野謙を好意的に批判している様子なので興味を持ったのだろう。

「社研」と「文研」、その両方に関心があり、なおかつ、どちらにもスッポリとは、はまりきれない私にとっては、「政治と文学」というのは切実な問題のように感じられた。

それで、早大近くの古本屋・文献堂で次から次へと吉本隆明の著書を、時代をさかのぼって買って読むようになった。

その中では『芸術的抵抗と挫折』（五九年、未来社）が面白かった。

吉本は「わたしは、平野謙を現在、政治・文学二元論の最大の文学的イデオローグの一人と目している」という最大級の敬意を表しつつ、平野のうちなる「日本共産党にたいするコムプレックス」を指摘したうえで、「平野は何故、おれの二律排反《ママ》のみちが『民主主義文学』のゆくべき唯一の道程だと居直らないのか」、「わたしは、現在、平野謙流の政治・文学二元論も、宮本流の政治優位性論も、毛沢東直伝の大衆路線論も、原理的には誤謬《ごびゅう》をあきらかにしているとかんがえている」と痛烈に批判している（著者注・宮本というのは当時、共産党で神格化されていた宮本顕治）。

　そのうえで吉本は文章をこう結んでいる。

「じつは平野の『政治と文学の間』をよめば二元論の誤謬がはっきりと腑分けできるはずだとかんがえていたが、平野の論理は無類の強靭さをもって政治と文学の間を毛細管のように稠密《ちゅうみつ》に結合していて、それをたどるのは容易な業《わざ》ではない。わたしの駒よ、はやるな」

　最後の「わたしの駒よ、はやるな」がいいじゃないですか。若き日の私も、そのフレーズにシビレたようだ。傍線が引いてある。

　私は吉本の著書を次々と読んでいく中で、一つの活路を見出したようだった。自分の中の二律背反とか分裂的な興味とか、そういうものを否定しなくてもいいのだ、分裂は分裂として深化させていけばいいのだ、その先におのずから何か、もうちょっとマシな自分が見えてくるのではないか……といった感触を得たようだった。要するに「居直る」ことを知ったのね。

実は私はそれ以前に、文芸評論家・花田清輝の著作の中で「楕円の思想」というのをみつけ、興味深く読んでいた。楕円というのは、焦点が一つの円とは違って、焦点が二つある。焦点が一つの思想ではなくて、二つの焦点を往還するような思想があってもいいのだ……という論旨だったと思う。分裂的な性格＝のちに浅田彰が言うところのスキゾ的な思考・行動パターンの私は、「そうか、楕円の思想か」と嬉しく思ったものだ。

とまあ、そういうわけで。吉本隆明が早大近くの早稲田奉仕園（キリスト教系施設だったと思う）で小規模の講演をした時は、外池さんといっしょにイソイソと聴きに行きましたね。講演後に質疑応答のようなことがあって、私も質問した。恥ずかしがり屋のくせに。質問内容も回答内容も完全に忘れてしまったが。ナマ吉本は紺のスーツ（というより背広という印象）を着ていて、顔だちも話し方も朴訥《ぼくとつ》そのものといった感じだった。

先にも引用したが、二〇一二年の十二月に呉智英の著書『吉本隆明という「共同幻想」』が出版された。ずいぶんこまかく吉本の著書を読み込んだ本で、全共闘世代に大きな影響を与えた吉本思想を周到緻密《ちみつ》に批判したもの。

私も吉本の著作にはだいぶ影響を受けたので（おもに〝大衆の原像〟に関して）、読んでいて「痛いところをつかれたなあ」とショックだった。私は、吉本の力説する「大衆の原像」という言葉に、具体的には、いったい何を夢みていたのか？　と、あらためて思った。大学を卒業する頃には「私は知識人にはなれない。せめて知的な大衆になりたい」と思うようになっていたのだが……。それはやっぱり「逃げ」とか「甘え」みたいなものだったのか？

コム・デ・ギャルソン論争

そうそう、一九六七年だったか翌年だったか、早稲田祭で埴谷雄高《はにやゆたか》の姿をチラッと見かけた。講演か何かで招《よ》ばれたらしく、何人かの学生に囲まれて、廊下を歩いていた。黒のコートを着ていた。彫りの深い顔だちで、何だか「黒い怪鳥」という印象だった。かっこよかった。顔にちょっと植木等も入っていたが。

だから後年――一九八四年に吉本隆明vs.埴谷雄高の、いわゆる「コム・デ・ギャルソン論争」が起きた時、私は苦笑してしまった。

雑誌「アンアン」に吉本がコム・デ・ギャルソンの服を着て（実は編集サイドが選んで着せていたものなのだが）登場したことに対して、埴谷が「資本主義のぼったくり商品を着ている」と批判。消費社会に対する対応の仕方をめぐる論争になった。

ごく単純化して言えば、吉本は高度に発達した消費社会に対して肯定的、埴谷は否定的という違いだったと思う。さらに言えば、「大衆」「労働者」「プロレタリアート」というものに関するイメージの違いでもあったと思う。吉本は変容する大衆像を、とりあえず現実として受け容れたが、埴谷はあくまでも批判的だった。私は、この一件に関しては吉本のほうが正しいと思った。たぶん……吉本は自身の娘たちを見ている中で、時代の変化を肯定的に感じ取っていたのだろう。その上で新しい思想を構築しようと考えていたのだろう。いっぽう、埴谷は子どもを持たなかった。「人間が自由意志でできることは、自殺と〝子供をつくらぬこと〟」という信念のもとに、妻に堕胎をさせていた。しかも三度も！

また、吉本と埴谷ではハッキリと世代が違う。吉本は埴谷より十五歳若いのだ。たかがファッション、されどファッション。私はコム・デ・ギャルソンに関しては断然、吉本の言いぶんのほうが正しいと思ったのだけれど、「じゃあ、どちらが似合うか？」と言ったら、断然、埴谷のほうなのだった。皮肉なことに。何しろ「黒い怪鳥」だから。ファッションにおいて似合うかどうかは重要なポイントだものね……と苦笑したのだった。埴谷もコム・デ・ギャルソンを着て「勝負」してみたらよかったのに！　勝てたよ、きっと。

Sさんが社研に入ってきたのは、この一九六七年だったか、それとも翌年だったか。とにかく早大闘争が終わってからだった。

彼は一八〇センチを超える、ガッシリした長身で、早大ラグビー部にもスカウトされたという話だった。確か神奈川県の鶴見の出身で商学部。私と同学年。闘争の中で社青同解放派に接近したようだった。

レーニンの『なにをなすべきか？』の読書会の時だったと思う。組織論の解釈をめぐって、Sさんと私が激しく対立してしまった。もはや記憶はおぼろだが、私は反体制運動の中での知識人《インテリゲンチャ》の役割を重視し、Sさんはそれよりも大衆の自然発生的な運動のほうを信頼するという違いだったように思う。

その読書会ではイラだったものの、あとで考えると私のほうにも非があったような気がしたので、ふだんは友好的に接していた。

Sさんが闘争（東大闘争だったかな？）の中で逮捕され、葛飾区・小菅の東京拘置所に入れられた時は「はげましのおたより」を出した。それに対して返信があったかどうかは忘れたけれど、出所後、たよりがあって、その中に「街を歩くと女の子たちがまぶしいくらい、きれいに見えます」とあったのが印象的だった。まっすぐで純朴な人だけに拘置所経験は、だいぶこたえたようだった。

七二年に連合赤軍の「あさま山荘事件」「山岳ベース　リンチ殺人事件」を知った時は、Sさんは鶴見出身ということで、京浜安保共闘とも接点があったかもしれない、取り込まれなくてよかったと思った（京浜安保共闘は七〇年代前半、交番や警察署などを襲撃、爆破。リーダーは永田洋子と坂口弘。のちに赤軍派と合体）。

その後Sさんは新聞社に就職。確か人事課だったと思う。結婚式にも招ばれ、新聞社の近くで、二、三度会ったりしていたけれど、だいぶ改心している様子だった。社研同窓会（二一〇頁）には奥さんだけが出席していた。

社研ノート

さて、ここに一冊のノートが残っている。表紙には「社研ノート」（67・1・27〜6・1）と記されている。どう見ても私の字だ。

以前から部室の壁に「社研ノート」というものがあって、それを踏襲したものなのか、それとも私が始めたことなのか、まったく記憶がない。とにかく部員が好き勝手に書き込めるノート。部室の壁に吊るしておいたもの。つい最近、外池さんから送られてきたのだった。「中野さんが持っていたほうがいいから」と。

私が一番多く書いている。Nというイニシャルで。チラッと読み出して、すぐに赤面。あぶら汗まで浮かんでくる。まったくもって「若気の至り」。甘ったれた自己憐《れん》憫《びん》と尊大な自意識の垂れ流し。あらためて、私、呆れました。こうまでバカだったとは——と。このノートで、当時の私はすでにフェリーニ映画好きになっていたことを知った。それだけは収穫だったけれど。

結構、複数の部員が書き込んでいて、私が書いたところ以外は面白く読んだ。みんなイニシャルを書き込んでいるのだけれど、案外、誰が書いたのかわからなかった。Kというイニシャルの男子が書いたエッセイのようなものに、庄司薫の芥川賞小説『赤頭巾ちゃん気をつけて』（六九年、中央公論社）のような味があったりして。さてKとは部員の誰だったんだろう？

私はNというイニシャルで書いているのだが……もはや自分でも理解に苦しむが、自分のことをやけに卑下しているのよ。「半端者」とか「余計者」とか。今読むと、とても観念的に感じられる。卑下の裏に根拠のない不遜さや思いあがりがチラチラしている。甘ったれ感満載。

「つまりは、ナマイキなスネカジリの青二才にしかすぎない私は『生活してる人にはとってもかなわない』というモーレツなひけめがあるんだ」だって。その通りじゃない？

「何か全然ナンセンスなこと、途方もなく『無意味』なことをしたくてたまりません。なにか、おもしろいアイディアありませんか」

「私も太宰のようにコミュニストにしてコミュニストならぬ（なれない）いきかたがある（であろう）ことを信じるからであり、現代における『コミュニスト』の不毛さに気づいてしまった人間だから……なあんてクダまいているようじゃ、まだまだ『若い』んですなァ」

この年に公開された大島渚の『日本春歌考』（六七年）に関しては、「ともかくも大島渚はやっとただの政治屋から革命家になる道を掘りあてたといえるのではないでしょうか。『日本の夜と霧』からは数段進歩したと思われます」「『先生』は政治と生活と二元的に分裂しちゃっている人間（と思ってほしいと大島は要請しているんじゃないですか。荒木一郎は、その『先生』の死をみすごすことで、そうした分裂的人間を否定します。けれど絶望的です）」

うんぬんとエラソーに。

『日本春歌考』は政治的メッセージが仮託された青春映画という印象で、主役の学生を演じた荒木一郎の虚無的な眼と、吉田日出子が歌った「雨のショポショポ降る晩にカラス（ガラス）の窓からのぞいてる　マテツ（満鉄）のキポタン（金ボタン）のパカヤロー」という歌（つい最近、「満鉄小唄」という春歌だと判明）が頭にきざみ込まれた。

以降、大島渚の映画は追い駆けて観るようになった。映画にそんなに興味の無さそうな「社研」の人びとの間でも関心が高かった。大島渚の映画は反体制的心情を持つ若者にとっての一般教養といったふうなものになっていた。

今回、DVDで『日本春歌考』を観直してみると、「政治と生活の分裂」というより、春歌を使って硬直した左翼思想に対して痛烈に批判しているなあ、という印象のほうが強かったのだが……。そんな政治的メッセージよりも、つげ義春『ねじ式』を連想させるような、シュールな画面作りのほうが面白かった。特に雪景色の中での黒い日の丸の場面!

とまあ、そんなわけで。「社研」に居座ってはいたものの、実のところ、映画やTVやマンガなど、娯楽的なものへの興味のほうが、日々、強くなってゆくのだった。似合わない服(イデオロギッシュな文献)をコソコソと脱ぎはじめ、心身ともピッタリくる服を探すことのほうに喜びを感じるようになっていた。まだ「サブカルチャー」なんていう言葉は一般的ではなかった時代。私はアカデミックな世界に引け目を感じながら(何しろ落ちこぼれ学生だったから)、娯楽文化の世界に活路のようなものを見出し始めていた。

「社研ノート」では、イニシャルKの男子は、どうやら私あてらしい「処女のあなたに　あるいは、あなたの処女性に――」という長い詩も書いているのだが、その脇に外池さんの字で「この詩読んでテレたひと――外池、藤井」とカキコミがしてあるのが、笑える。

外池さんはじめ、読んだ部員が、ノートのはしに短くツッコミを入れているのも面白い。それから多数のイタズラ描きも。あの時代の空気が、この一冊の中にも保存されている。やっぱり処分はできない。

さて、この年の「社研」合宿はどこで行なわれたのだろう？　思い出せない。この年か翌年に伊豆七島の神津島《こうづしま》に行ったことはおぼえているのだけれど、あれは合宿というものではなかった。旅好きの外池さんが提案したプライベート旅行で、外池さんは恋人のマキちゃん同伴だったし、読書会も無かったし。確か七、八人が、この旅行に参加したと思う。

なにしろ夏休みの合宿ばかりではなく、春休みにも合宿していたので、記憶が錯綜。たまーに討論が熱気を帯びてケンカ寸前になることもあった。それでも最終的には、おだやかにおさまった。雑談タイムでは、大島渚の新作、吉本隆明の新刊、「ガロ」のマンガ……などが共通の話題になっていた。

桜姫・ATG・つげマンガ

私はこの一九六七年に大きなカルチャーショックをいくつか体験した。まず何と言っても「早稲田小劇場」の演劇公演「劇的なるものをめぐってⅡ」を観たことだ——と書きながらも、この年だったかどうかは記憶がアヤフヤ。調べてみると公演は一九七〇年ということになっている。ショック！　在学中とばかり思い込んでいた。あまりに長年、そう思い込んでいたので、すぐには頭が切り替わらない。すみません。とにかく早稲田のことなので、ここに書かせてもらいます。

「社研・文研」が入っている学生会館のすぐ近くに「モンシェリ」という喫茶店があって、その二階が劇場代わりになって上演された。一回こっきりの公演だったような気がする。

「早稲田小劇場」は、できたてホヤホヤの演劇集団のようだった。クラスメートの女子、Sさんを誘って観に行った。

二階はギッシリ満員。イスなどは無く、床にべったり座って観る形になっていた。そのことが、何だか「演劇」というより「見世物」ムードで、妙に新鮮に感じられた（私は長年〝演劇嫌いの映画好き〟と思っていたが、今回、大学時代の遺物を探していたら、俳優座や民藝の演劇のチケットの半券数枚が出てきたので、ちょっと驚いた。大学一、二年の頃は、正統的な、いわゆる「新劇」もいくつか観ていたのだった。すっかり忘れていた）。

さて、「劇的なるものをめぐって」が始まって、いやー、私はブッ飛びましたね。圧倒されましたね。主演の白石加代子の怪演に。

そのセリフ、表情、体の使い方に、ゾクゾクした。血が騒いだ。既成の「新劇」とは、まったく異質のものだった。ラスト近く、白石加代子が生の大根にかぶりつき、プワーッと客席に向かって吐き散らすところ、忘れられない。

その公演は、江戸時代の鶴屋南北が書いた「桜姫東文章《さくらひめあずまぶんしょう》」が芯になっている芝居のようだった。「早稲田小劇場」の主宰者・鈴木忠志は、既成の「新劇」にあきたらず、歌舞伎の題材や身体表現に多くを学び、独自の演劇世界を模索している人だ、ということも知った。

この観劇がキッカケになって……と長年思い込んでいたが、実はすでに私は歌舞伎に関心を持って、ひとりで歌舞伎座に観に行ったりしていたのだった。たぶん、この年あたりから。チケットの買い方から歌舞伎座内部の様子、そこで立ち働く人たち、客層、役者、音楽……何もかもが新鮮だった。面白かった。まさに血が騒いだ。

そうして私は、一人の女形に魅了されたのだった。中村歌右衛門《なりこまや》（六代目。一九一七〜二〇〇一年。私が最初に観た時は五十歳頃）。白塗りの顔は整った美貌で、猫背ぎみ。骨が無いんじゃないか!?　と思われる程、軟体動物的な妖しさを発散していた。のちに三島由紀夫も大ファンだったということを知った。

贔屓役者ができると、俄然、追っかけて観たくなる。とりあえずスター主義。そこが歌舞伎ならではなのだ。

「桜姫東文章」は、たぶん七〇年代だったと思うが、桜姫（坂東玉三郎）・清玄（十代目・市川海老蔵、のち十二代目・市川團十郎。二〇一三年没）コンビで観た。いよいよ私と同世代の役者たちが第一線に出てくる時代になっていた。もうひとつアナーキーさに欠けると思ったものの、愉しく観た。

私が卒業した二年後、『鶴屋南北全集』全十二巻（三一書房）が続々と出版された。

ズシリと重い豪華本で、各巻四千五百円と高価だったけれど、思い切って買い揃えていった。

とにかく、この六七年の頃から唐十郎の「状況劇場」、寺山修司の「天井桟敷」、佐藤信《まこと》の「黒色テント68／71」、鈴木忠志の「早稲田小劇場」……と、従来の「新劇」の枠からはみ出した劇団がドッと生まれ、若者たちに熱く支持されるようになっていたのだった。その一部は当時ハヤリの言葉＝アンダーグラウンドを略して「アングラ演劇」と呼ばれた。

「アートシアター新宿文化」(ATG)で観たジャン＝リュック・ゴダール監督の映画『気狂いピエロ』にもショックを受けた。

ゴダール監督は、すでに『勝手にしやがれ』(五九年)、『女と男のいる舗道』(六二年)などを撮っていて、ヌーヴェル・ヴァーグ(新しい波)の旗手として名を成していたのだが、私はまだ中・高生だったので、リアルタイムでは観ていなかった。後年、リバイバル上映で観たのだった。だから、ゴダール映画として初めて観たのは『気狂いピエロ』なのだった。リアルタイム。

いやー、ひとことで言って、何とも粋でオシャレでナマイキな映画だった。

犯罪組織に追われている男（ジャン＝ポール・ベルモンド）とガールフレンド（アンナ・カリーナ）が南仏へと逃亡する。冒険小説を地で行くような物騒な目に遭ったり、女に裏切られたりしたあげく、男は顔に青いペンキを塗り、黄色と赤のダイナマイトを顔に巻きつけて自爆する――という話。

まったく「無軌道《アナーキー》」な男女の冒険譚といったようなものだけれど、全編にただよう、ペダンティックな趣味性やモダンアートあるいはポップアート的な画面作り、そしてシンプルで小粋なファッションにシビレましたね。

ラストのささやきはアルチュール・ランボーの詩の一節で、「みつかった」「なにが」「永遠が」「海にとけこむ」「太陽が」――というものだった。観ていて、自分もカッコいいアーティストか詩人にでもなったような気分だった。

その後の、ゴダール映画は（私にとっては）どんどん難解なものになってしまうのだけれど。

この『気狂いピエロ』は新宿・伊勢丹近くの「アートシアター新宿文化」で観た。小さな映画館だったけれど、海外の先進的映画をよりすぐって上映していた（設立は六二年だったという)。六七年から地下に「アンダーグラウンド蝎座」がオープンして、さらにアングラ色の強い映画や演劇を見せていた。二つのユニークな映画館は葛《くず》井欣士郎《いきんしろう》という人が切り盛りしていたのだけれど、彼が辞めた後「アートシアター新宿文化」は失速。九二年に活動を停止した。

つげ義春は「ガロ」でいよいよ独自の世界を展開してゆくようになっていた。この六七年に、つげ義春は『李さん一家』と『紅い花』という二つの快作を発表している。

『李さん一家』は、主人公(つげ義春自身?)が安値で借りていたボロ家に、いつしか無断で住みついてしまった朝鮮人一家の話。

人物描写に何とも言えないトボケたような味わいがあり、ラスト近く、「僕の優雅な生活に　おし入って来た　この奇妙な一家が　それから　どこへ行ったか　というと」――という語りのままにページを繰ると、いきなり一家の絵がドーンと描いてあって、フキダシに「実はまだ二階にいるのです」――という言葉が書かれていたのには、大笑い。何だか圧倒された。貧乏人のアナーキーなしぶとさに!?

『紅い花』もユニークな傑作だった。旅人である主人公は山里の茶店でキクチサヨコという美少女と、その級友である「シンデンのマサジ」という少年（この少年の描写もすごく、いい！　かわいい！）と出会う。サヨコはどうやら初潮を迎えたようだ。川に流れる紅い血を見て、マサジは目を見張り、「花だ！　花だ　紅い花だ！」と叫ぶ。

ラストシーンもすばらしい。美少女を背負ったマサジはこう言う。「のう　キクチサヨコ」「眠れや………」。

この『紅い花』から、つげ義春は一連の「旅もの」を発表してゆく。私は、このユニークなマンガ家に併走してゆく気分で「旅もの」作品の数かずを堪能することになる。

この年、手塚治虫は「ガロ」人気に対抗するかのように雑誌「ＣＯＭ」を創刊。自身の超大作『火の鳥』を連載してゆく——。

大人マンガでは、早大の漫画研究会出身のマンガ家たち（しとうきねお、園山俊二、福地泡介）が注目を浴びていた。同じ漫研出身で、少し出遅れた東海林さだおも、この六七年に「新漫画文学全集」で連載デビューした。私はのちにハードカバーになったものを読んだのだが、大笑い。モテない男のいじましさが、これでもかこれでもかと活写されている。ついに新境地開拓！　というおもむき。

そうだ、今思い出した。私は、ほんのちょっとばかりだけれど、「マンガ家になりたい」とも思ったようだ。

マンガの描き方なんて全然わからないまま、わらばん紙に鉛筆で描いてみた。

ストーリーはこんなふう。男子学生が主人公で、大学のそばの森をうろついていたら、ほら穴のようなものがある。その暗い穴に入ってゆくと、中は奇妙な突起や崖がある。ゴォー、ゴォーという音がする。やがて、その暗がりの中から、見知らぬ人たちのさまざまな声が聞こえて来る。そして……という話。最後は、その穴というのが耳の形そのもので、主人公は自分の耳の中に入り込んでいたのだった――という衝撃的なエンディングにしたかったのだが……案のじょう、サッサと挫折。全然、粘れないのよ。「マンガ家って偉いなあ」という結論に。

アイディアだけはそんなに悪くなかったのかも……と思ったのは、デヴィッド・リンチ監督の『ブルーベルベット』（八六年）を観た時のことだ。

主人公の青年（カイル・マクラクラン）は草むらで切断された人間の耳をひろう。その時だったか、その後だったか忘れたが、やっぱりゴォーゴォーという、まるで耳の中に入り込んだかのような効果音が流れるのだった。エッ!?　とビックリした。「そのイメージ、私も、昔、思い描いたよ」と。

でも思いつきだけでは、まったくダメなものなんですね。技術という地道なものが無いとね。私には決定的に根気というものが欠けている。「マンガ家に」という野望はすぐに引っ込めた。


いったい何がキッカケだったのか忘れたが、私とクラスメートの女子・Sさんは麻雀に興味を持った。Sさんと麻雀のハウツー本を買って、研究した。

だいたいわかった気になって、石井君とその友だちにお相手してもらった。石井君たちにとってはいい迷惑だったろうと、今では申し訳なく思っている。Sさんのほうはともかく、私は思いっきり下手だったのだ。雀荘の料金システムもわかってなくて、「おなかがすいたから、ちょっと食べてくるね」なんて言って外出してしまったりして。思い出すだに恥ずかしい。

その頃の喫茶店は有線放送っていうのかな、流行歌を流している店が多かった。菅原洋一の「知りたくないの」とか。翌一九六八年の話になってしまうが、ピンキーとキラーズの「恋の季節」とか、日本のグループサウンズの曲に混じって、サイモンとガーファンクルの「サウンド・オブ・サイレンス」がよくかかっていた（映画『卒業』の大ヒットのせいで）。

若者の街・新宿

新宿は見る見るうちに「若者の街」というイメージになっていった。新宿駅東口広場ではヒッピーかぶれ風の若者たち（ヒッピーというには薄汚いせいか、フーテン族と呼ばれていた）がタムロしたり寝ころんでいたりした。私が七〇年代に知り合ったイラストレーター・田島司さんも、もと新宿のフーテンだったという。たまたま、「およげ！たいやきくん」のイラストを担当したので、歌の大ヒットによって大金がころがりこんできた。

新宿の喫茶店の数かずも、今にして思えば最高潮。のちに知ることになるわけだが、私と同学年の北野武は明治大学に入学したものの、学園生活になじめず、新宿界隈であてどもない日々を送るようになっていたらしい。ジャズ喫茶「ACB《アシベ》」や文化人のたまり場的な「風月堂」などに入りびたり、やがてジャズ喫茶「びざーる」や「ビレッジバンガード」でボーイとして働くようになる。「ビレッジ……」では遅番のボーイだったが、早番のボーイとして働いていたのが連続射殺事件（六八〜六九年）の永山則夫だったという。これ、もはや伝説。

永山則夫もまた四九年生まれのベビーブーマー。北海道・網走の崩壊家庭に育ち、六五年に集団就職で東京に。窃盗や自販機荒らしで保護観察処分。「ビレッジバンガード」で働いた後、東京、京都、函館、名古屋で、何の罪も無い人びと四人を射殺。大騒ぎになった。結局、六九年四月に逮捕され、死刑判決が確定した。彼を主人公にしたドキュメンタリー映画『略称連続射殺魔』（六九年）や『裸の十九才』（七〇年）が公開された。

獄中で独学。七一年に手記『無知の涙』を発表。八〇年には獄中結婚。八三年には小説『木橋』を発表。新日本文学賞を受賞した。その後九〇年には日本文藝家協会に入会を申し込んだことから、文学関係者の間で一大議論の的となった。九七年、死刑が執行された。四十八歳だった。

新宿三越の近くにあった森英恵のブティックは、私と妹（二歳下）の憧れの的だった。高くて、めったに買えなかったが。思い切って買った服は二人で共同で着ていた。やがて「VIVID」というネーミングで若い子向きの服を売り出すようになった。北の丸公園の科学技術館で行なわれるバーゲンには万難を排して（？）妹と駆けつけた（「ビギ」や「ニコル」などデザイナー物のブランドが流行するようになったのは七〇年以降だったと思う）。

新宿の駅ビル内に世界各地の民芸雑貨を売っている店が入っていて、そこで南米かどこかの布製のショルダーバッグやインド製の素朴な刺繡入りダブダブ・シャツなどを調達。ジーンズと合わせてヒッピー気分にひたったりしていた。こちらはだいぶ安あがり。

詩集「BUBO」

そんな六七年の空気の中で、ある日、クラスメートの丹野さんが意外な話を持ちかけてきた。「詩集を作らないか、僕と徳丸君と中野さんの三人で」と。たぶん、茶谷さんの詩集に触発されたのだろう。

「エーッ、詩⁉ 書いたことないから無理だよー」と即座に断ったものの、お調子者の私は「ん⁉ ちょっと面白いかもしれない」と思ってしまい、結局OKしていた。

いったいどうやって詩（のようなもの）をひねり出したのか、まったくおぼえていない。完全に忘れている。けれど手元には「同人詩誌 BUBO」なるシロモノがちゃんと残っているのだった。ガリ版刷り、ホッチキスとじの貧弱なものだけれど。

よく見れば、そのガリ版の筆跡は明らかに私のものだ。きっと「社研」の部室で、コツコツと書いたのだろう。なおかつ、私の詩には自筆イラスト二点まで添えられている（ちょっと奇怪でシュールな絵）。我ながら、よくまあ、こんなエネルギーがあったものだと感心してしまう。

エネルギーには感心してしまうのだけれど、かんじんの詩のほうは……いやー、アヴァンギャルド狙いの少女趣味系？ 恥ずかしくて直視できないです。

「BUBO」の表紙には「創刊号67・11」と、ハレがましくも書かれているのだけれど、案のじょう、これ一冊で終わった。若かったのねー、私たち。恥ずかしいけれど、うん、やっぱり処分はできない。

初のひとり旅

確かこの年の夏休みだったと思う。初めてのひとり旅をした。その頃、倉橋由美子の小説にはまっていたので、たぶん『暗い旅』を読んで、その気になったのだと思う。「文研」メンバーの何人かが、大阪府池田市にある村上君の家に二、三日遊びに行くというので、それに合わせて、京都ひとり旅を思いついたのだ。ユースホステルを使って京都に二泊三日、その足で池田の村上君の家へ。

ひとり旅は話し相手がいないのが、さすがに淋しかったけれど、「これがいいのよね、この、淋しい風に吹かれている感じが」とも思った。ちょっと自己陶酔。

池田の村上君の家に行くと、石井君をはじめ男子五人くらい来ていた。女子は他校の人が一人。誰かのガールフレンドのようだった。夜は近くの原っぱのようなところで花火か何かして遊んだのだったかな？　べつだんコレと言って面白いことをしたわけではなかったけれど、夜景の中で群がってフザケているだけで愉しかった。帰宅して、村上君のお母さん手作りのカレーを食べ、酒盛り。だらだらだらだらとしゃべっていたけれど、何をしゃべっていたのか、まったく記憶なし。翌朝は、近くの家並みをジョギングで一周。何がおかしかったのか、笑いながら走っていた。

村上君は当時から「宝塚の演出家になりたい」と言っていて、冗談かと思っていたら、卒業後はその通り宝塚の演出家になった。

その夏休みにはクラスメートの女子・Sさんと福島の微温湯《ぬるゆ》温泉にも行った。いわゆる秘湯で、山の中に一軒だけある古い宿。確か近くの山に登って、そこから別のくだり道をたどって行ったのだけれど、ほんとうに細い道で、途中で「はたしてこの道でいいんだろうか!?」と心配になった。だから、道に犬の糞を発見した時は「人家近し!」とうれしかった(今、あらためて思ったのだけれど、もしかすると犬の、ではなく他の獣の糞だったのかもしれない)。ようやっと宿にたどりついてホッとした。

とにかく、大学の四年間、休みになると私は待ってましたとばかり旅行(冬はスキー)しているのだった。旅の友はSさんだったり、高校時代からの親友K子だったり、妹だったり。


恥ずかしい話だが、部室で一度だけ、泣いてしまったことがある。

六七年だったか六八年だったか、たまたま部室で私と「文研」のIさんの二人きりになったことがあった。Iさんは確か二歳ほど歳上の男子だったが、留年したか何かで私の一学年上だった。互いに向かい合ってしゃべっていた。

いったい何が発端だったか、もはや全然記憶がないのだが、ウッスラと言い合いのようになり、やがて私に対する（大げさな言い方だが）人格攻撃のようになっていった。私の青くささや生硬さをからかうような非難するような。そんな感じだったと思う。

私はムキになって言い返していたけれど、内心「痛いところをつかれた」という感じがあった。反論しているうちに、つい、口惜し涙が……。

Iさんはあきれたのだろう。何か冗談を言って、話をしめくくった。私は頭が混乱してボーンヤリしてしまった。

その後、日を追うに従ってIさんの言葉が身にしみるようになった。もうちょっと叱ってもらいたいという気持にすらなったのだけれど、Iさんはそこまでヒマでも物好きでもなかったようだ。TV局に就職して子ども番組担当に。

宙ぶらりんになりたい

つい先日、本書の原稿書きのために大学時代のノートや写真を見直していたら、外池さんから送られてきた「社研ノート」からパラリと、社研の読書会用のプリントが二枚出てきた。

『フォイエルバッハ論』（エンゲルス著）と、『ドイツ・イデオロギー』（マルクス＋エンゲルス著）についての討論資料。わらばん紙のガリ版印刷だけれど、読みやすくてキレイな字（誰が書いたんだろう？）

結構、真面目に読書会をやっていたんだなぁと感心する。

けれど、外池さんがそのプリントを私に送ってくれた理由は、プリントの裏側に書かれた、私から外池さんにあてたメモなのだった。

たぶん六七年か六八年のものだと思う。どうやら社研の活動から身を引きたがっていたようで、「社研もやめます。授業も出ません。〝生徒〟でも〝部員〟でもない、いわば『無所属』の場に自分を置きたいのです。全く宙ぶらりんになってみたいのです（けれど「家」が残っています。どうしたらいいのでしょう、困っちゃうなー）」

といったことがダラダラと書かれていて、最後に「私は、もしかすると、心情的にはマルキストでも感覚的には非マルキストなのかも——とフッと感じます。感覚的には実存主義者かアナーキスト。一回転してファシスト……!?　ではサラバ」だって。

書いた記憶はまったく無し。

「一回転してファシスト」は余計だが、自己分析は当たっているんじゃないかな？自分は本質的にイデオロギッシュな人間ではなく感覚的な人間だ——ということ。正解なんじゃないかな？

「この二日間、池袋、新宿、渋谷をフラフラ。喫茶店、パチンコ……です」とあったのにもエッ!?　という感じ。私、パチンコは冗談で友だちとやった記憶はあるけれど、「ひとりパチンコ」の記憶はまったくなし。このメモを見て、あら、そうだったの!?と驚いた。

ナップザックの女

そうそう。この年から卒業するまで二年間、世田谷の学習塾で小学生を相手に、週一回、国語を教えるというアルバイトをしていた。「社研」の革マル派の先輩Sさんの紹介だった。ギャラはいくらだったか、まったく記憶なし。

子どもたちを相手にするのは初めてだった。いわゆる進学塾ではなくて、親の気休めのための塾のようだった。十数人のうち、勉強が苦痛ではなさそうな子は男女一人ずつという感じで、他の子たちは遊び半分。まったく落ち着きが無く、キョロキョロ、グニャグニャ、ペチャクチャしていて、統制がとれなかった。

とにかく勉強に集中させるだけで一苦労。子どもたちの騒ぎを抑えようとオタオタしていると、隣室のH先生（塾の主宰者）がガラリと戸をあけて、一喝してくれるのだった。自力で抑えられない自分が、つくづく情けなかった。

おかしかったのは、国語の教科書に「社研」のS君が小学生時代に書いた文章が掲載されていたこと。どんな内容だったか忘れたが。

S君は確か私より一学年下。湘南高校出身で、見るからに湘南ボーイという感じだった。オシャレでスマートで彫りの深い、ちょっとした美青年。房総で合宿した時は、何だかスゴイ感じの釣り道具一式を持参していた。どちらかというと生真面目な「社研」では異質な空気を発散していた。翌年には弟が早稲田に入学して、「社研」に入ってきたのだけれど、見た目はあんまり似ていなかった。あの兄弟、今頃どうしているのだろう……。

塾のすぐ近くに世田谷区役所と区民会館があった。区民会館では時どきザ・ドリフターズのTV番組の収録があるようで、そういう時は、子どもたちがいつにも増して浮き足立つのだった。クレイジーキャッツ命の私は、ドリフターズのどこがそんなに面白いのか!? と、ちょっと苦々しく思った。子ども相手にムキになる私もバカだけれど。

父は東京の月島生まれだけれど、育ったのは世田谷の大原町だった。浦和暮らしも長くなったので、「転籍」っていうんだったかな、私が区役所近くの塾でアルバイトをしていたのを機に、本籍を世田谷から浦和に変えることにした。その手続きは私が代行させられた。とにかく、私が地道に塾の先生のアルバイトをやっているので、ちょっとホッとした様子だった。

のも、つかのま。父はある日、めったに入らない私の部屋に、私の留守中、入り込んでビックリ仰天したのだった。「教科書は少しだけで、マンガばかりじゃないか！」と。

「勝手に部屋に入り込まないで！」と私は逆ギレ。数日間、父とは口をきかなかった。マンガを低級なものとしてしか考えていないことも許せなかった。「絶対に絶対に、こんな家、出てやる！」と心に誓った。

アルバイトの報酬はいくらだったのか、まったく記憶にないのだけれど、報酬をもらった翌日はナップザック（というのが当時出回っていた。布製の袋状のものでヒモがついていて肩にさげることができる。超簡易なリュックサック）を持って、大学近くの古書店「文献堂」に直行。事前に目をつけていた本を買い込むのだった。三、四冊になることもあるので、ナップザックが必要なのだった。

大学近辺には多くの古書店があったけれど文献堂の品揃えはユニークで、私の関心を最も引き付けた店なのだった。左翼系の評論からシュールレアリスム系の美術書や文学書まで。

店にはいつも無愛想な店主が椅子に座っていて、その奥の部屋には時どき奥さんらしい人の姿が見えた。

「書巻の気」とでもいうのだろうか、文献堂に入って本を選んでいると、本から発散されるオーラのようなものを浴びて、私も少しは上等な人間になったかのような気分になるのだった。何の本だったか、興味があるのに八百円という値段（今ならいくらくらいかな？　映画館のチケット代が三百円くらいという時代。とにかく高価に感じた）だったので、だいぶ迷った記憶がある。

　そうやって買い込んだ本をナップザックに入れて、喫茶店で「戦利品」を鑑賞するように、あらためて一冊一冊、装丁を眺め、パラパラとページを繰ってみるのだった。

　あれはいったい、いつの頃だったろうか。卒業して数年後、私は市ヶ谷の出版社に直接本を買いに行った。書店で取り寄せるより、版元で買ったほうが早いと思ったのだろう。そこでバッタリ文献堂主人と出会った。私は声を掛けずにはいられなかった。「早稲田の時、何度かお店にうかがいました」と。文献堂主人はウッスラと笑顔になって、うなずいてくれた。

　当時、私はオツトメ生活をやめ、フリーランスと言えば聞こえはいいが、先行きの見えない半失業状態だったので、早稲田時代を思い出させてくれる文献堂主人と出会ったのは、うれしかったのだ。「今はまだパッとしなくても、その道を進んでいっていいんだよ」と、少しばかりだが背中を押してもらったように思えて。その文献堂も、今はもう、ない。

　そうだ。大学時代、その文献堂のすぐ近くで文研部員のN君とスレちがったことがあった。白いシャツに黒いズボンで、乱れ髪。目ヂカラ強く、大げさに言うなら殺気を帯びていた。そんな風体のN君が、脇目もふらず、まっすぐに突き進んで来る。

私はその、何とも言えないオーラに圧倒されて、声もかけられなかった。

N君は部室で突然怒り出して、他の男子部員（誰だったかなあ？）の胸ぐらをつかんでケンカをしたり、ジーッと黙りこくっていたり。とにかくエキセントリックな雰囲気の人だった。ある日、突然、部室のテーブルが紫色のスプレーで塗られていたことがあった。私は勝手にN君のしわざだと思った。紫色になっても誰も文句は言わなかった。もちろん私も。

N君はなぜか私には気を許していたようで、卒業後、出版社に就職した彼は、担当雑誌の仕事を回してくれたり、喫茶店に誘ってくれたり。その話題が妙だった。好きな女の子との恋愛話なのだった。

「目をジーッとみつめ合う、それだけで二人だけの世界に没入できるんだ」とか何とか。私は「ああ、そうなの……」としか言えなかった。

N君、どうしているのかなあ。会わずに、一方的にノゾキ見してみたい。

一九六七年、東京都知事選は美濃部亮吉が圧勝。初の革新都知事となった。佐藤栄作首相は就任して三年。日本はついにGNPが三位に（ただし一人あたりの所得は二十二位）。

ベトナム戦争は拡大するいっぽうだった。キューバ革命を達成し、五九年に来日もしていたチェ・ゲバラは新たな革命の場としてボリビアを選び、この年、戦死した。

十月の初め、佐藤首相の南ベトナム訪問を「戦争介入につながる」として実力で阻止するために、反代々木系（＝反共産党系。共産党の本部は代々木にあったので、そう呼ばれていた）の学生たちによる大規模なデモが二度にわたって展開された。

十月八日には、学生たち二千五百人が羽田空港付近で警官隊と衝突。激しい混乱の中で京大生・山崎博昭君が死亡（その後、彼の死因をめぐって論争に。学生同士の混乱の中で死んだという見解と、機動隊員にめった打ちされて死んだのだという見解と。いずれにしても痛ましいことだった）。重軽傷者数百人、検挙者五十八人（第一次羽田事件）。佐藤首相は南ベトナムへと旅立った。

十一月十二日には佐藤首相の訪米を阻止しようとする抗議デモ隊が再び警官隊と衝突した（第二次羽田事件）。

私と、クラスメートの女子Sさんはジッとしていられず、「遠巻きに学生たちを応援したい」というハンパ気分だったが、蒲田で電車を乗り換え、羽田近くの、確か大鳥居駅で下車。デモ隊をみつけるべく糀谷《こうじゃ》なる地名の住宅密集地域の狭い路地をうろついていたら、ダダダと走る音がして、学生らしき男子が次々と駆け抜けてゆく。明らかにあわてて逃げている様子だった。私たちは急におそろしくなって、早足で駅へと戻ってしまった。

のちに知ったことだが、中学時代の級友で実存主義者のようだった宮原君も、この羽田闘争に加わっていたのだった（九七頁）。そうそう、北野武も。「社研」部室の隅に、ちょっとだけだが、ヘルメットとゲバ棒が置かれるようになったのもこの頃からだったのでは。

私にはMちゃんという長いつきあいの女友だち（八歳下）がいるのだが、彼女は蒲田で生まれ育った人。つい先日、こんなことを言ったので驚いた。子どもの頃、この羽田事件の一部を目撃しているというのだ。「駅前を機動隊の車が占拠して、通り過ぎて行ったのよ。その中でも8の数字のある車がこわかった。〝みなしごハッチ〟のマークをつけていて、何だかとてもブキミな感じだった」と。

「八機」と言ったら、乱暴さに定評があって、活動家諸君の間でも怖れられていたのだった。〝みなしごハッチ〟のマークについては、エッ、そうだった!?　と半信半疑だが。子どもにも恐怖をあたえる特別のオーラがあったのか、と驚いたのだった。

羽田事件は、活動家たちのいでたちを変えた事件としても知られている。学生たちはヘルメットに角材（ゲバ棒）、機動隊は大盾を使うというスタイルが定着していった。

以降、学生運動はより過激化してゆく。あげくの果てが連合赤軍事件なのだった。自滅への道……。

『ねじ式』のページを切り取り赤の台紙に貼って、壁にピンナップ。横尾忠則のイラストも。なぜかコワモテにて（妹・撮影）

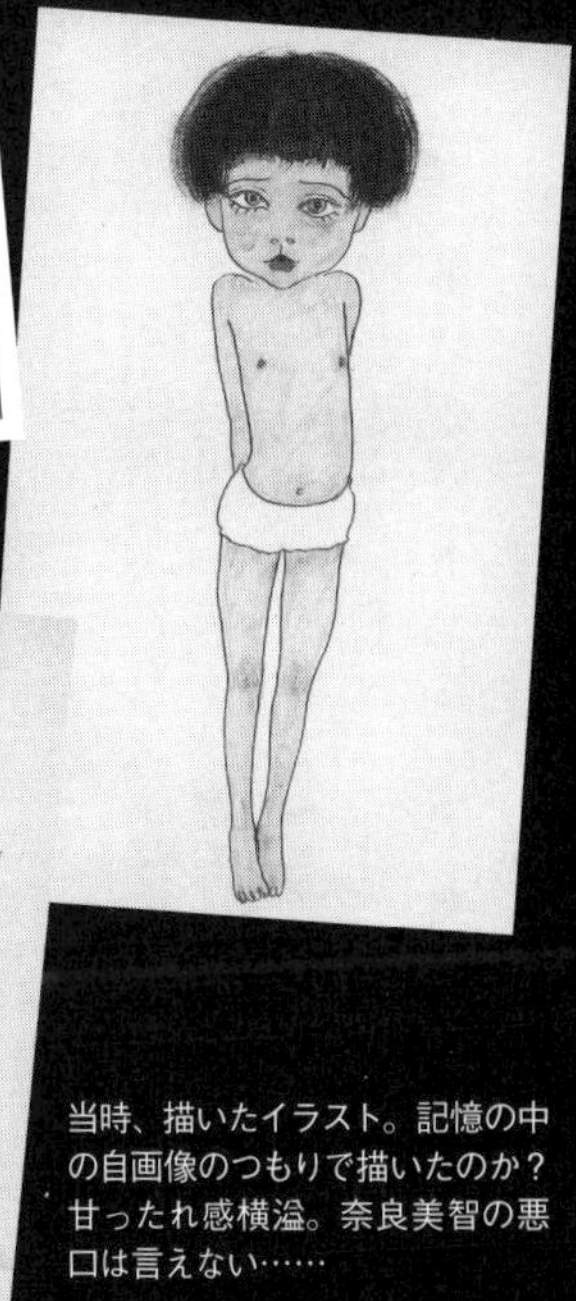

当時、描いたイラスト。記憶の中の自画像のつもりで描いたのか？甘ったれ感横溢。奈良美智の悪口は言えない……

1968年

一九六八年は晴れ着で明けた

一月の四日とか五日だったと思う。私はクラスメートの女子・Sさんといっしょに、振り袖姿で自由が丘の「モンブラン」にケーキを食べに行った。

振り袖は前年だったと思うが、成人記念として仕立ててもらったもの。東京のきもの屋に来てもらって、きものと帯を選ぶのは、正直言って愉しかった。きものは濃いピンク地に白い牡丹が描かれたもの。帯は淡いグリーンに金糸の幾何学模様のものを選んだ。親としては、下に妹もいるので、着る機会が多いだろうと奮発してくれたのだ。実際、妹ばかりでなく、のちに姪（兄の娘）も着ることになった。

着つけとヘアは近くの美容院で。出来上がって、鏡を見て、私はガッカリした。全然似合っていなかった。「こんなはずでは……」と心に暗雲。髪の毛をやけにフンワリとふくらませているのも気にくわなかった。

洋服でもそうなのだが、私は「華麗」で「優美」で「女らしい」ものが全然似合わないのだった。「中性的」で「地味目」で「ちょっと粋」というのが、似合っているかどうかは別として、気分的にシックリ来る。落ち着く（その後、フリーライターとして何とか金銭的余裕ができてから、きもの熱に浮かされ、そこそこ散財したのだが、すべて地味目のものばかり。しかも縞やカスリや格子という中性的な幾何学模様のものばかり）。どうでもいい話だが。

安田トリデの攻防戦

話が、いきなり、それた。振り袖姿で浮かれていたら、一月末に東大闘争が勃発。まず、医学部がインターン制度完全廃止と研修医の待遇改善を求めて無期限ストライキに突入。

大学側は一歩も引かず膠着《こうちゃく》状態に。六月半ば、一部の急進的学生たちが安田講堂を占拠。これに対して大学側は機動隊を投入。学生や教職員たちは反発。法学部を除く各学部がストライキと抗議集会。十月中旬には全学部自治会が無期限ストライキに突入。

東大生の母親たちは心配して、学生たちにキャラメルを配り、短歌を詠んだ。これはちょっと場違いな印象だった。当時、東大生だった作家・橋本治は駒場祭で「とめてくれるな／おっかさん／背中のいちょうが／泣いている／男東大どこへ行く」と、ヤクザ映画を思わせるポスター（イラストレーションとコピー）を発表、大いに話題を呼んだ。

「連帯を求めて孤立を恐れず」という言葉も一部で流行。詩人・谷川雁《がん》の文から取ったものらしいが、今思い出しても名フレーズだ。

結局、翌六九年の一月十日に大学側と学生側が「確認書」を取り交わし、ストは解除されたのだが、全共闘は闘争を継続、安田講堂を占拠し続ける。十八日から十九日にかけて機動隊が安田講堂に突入、学生たちを大量検挙した。いわゆる「安田砦の攻防戦」。

その様子はＴＶ中継された。空を飛び交うヘリコプター、ガス弾、放水、火炎ビン……ほぼ戦乱状態だった。

翌二十日。東大はこの年の入試を中止するという、前代未聞の事態となった――。

いっぽう「マンモス大学の雄」である日本大学でも六八年の六月頃から紛争が勃発していた。こちらは大学当局の不正経理に対する抗議が発端となっていた。カネの問題というのがわかりやすく、教職員や父兄まで後押しする広範な運動になった。六九年に入り、運動が過激化すると一般学生たちが離れ、春には終結。

東大、日大の紛争に引っ張られるように日本各地で大学紛争が起きた。「若者たちの反乱」――それは日本ばかりでなく、世界のあちこちで起きたことだった。

アメリカではベトナム戦争反対運動が、フランスでは五月革命が（ゴダールやトリュフォーなど年長の監督たちもデモに参加）、中国では紅衛兵運動が……。戦後生まれ世代が成人して、大人たちに反旗をひるがえしていたのだ。よくも悪くも。

風貌で見る大学闘争のリーダーたち

と、ここで話は突然、下世話になるのだけれど、早大・東大・日大のリーダーたちの風貌というのが、みごとに校風を反映しているところが（今思うと）面白い。早大の大口昭彦さんは朴訥、東大の山本義隆さんは怜悧、日大の秋田明大《あけひろ》さんは豪放。それぞれスター的な支持を集めたのも当然だという気がする。

当時の私は、この一連の騒動をどう見ていたのだろう。心おだやかではなかったことだけは確かだ。学生たちに喝采をおくることも、冷笑することも、どちらもできなかった。私にできることは、自分の中途半端さを、分裂ぶりを、みつめてゆくことだけだった。

早稲田文芸新聞

あれは春だったのか、秋だったのか。「文研」の土屋さんから「早稲田文芸新聞というのを作りたいんだよ。中野さんも何か書いて。それから、広告取りもしてもらいたいんだ。僕の長野高校時代のクラスメートだったハナオカというやつが政経学部にいるんだ。そいつといっしょに広告取りに行ってもらいたいんだ」と言うので、ちょっと興味を引かれ、ＯＫした。

そのハナオカという人が部室にやってきて、いきなり、

名刺をさしだしたのには驚いた。名刺を持っている学生なんて初めてだったから。そのハナオカ青年はメガネをかけていて、口角がキュッとあがっていて、俊敏な印象。いっしょに岩波書店に行って広告の出稿を依頼したのだけれど、雄弁で世慣れた感じだった。

それから歳月はザッと三十年くらい経って……ある朝、ベッドに入ったまま枕もとのラジオをつけたら、「では、この件について産経新聞政治部部長の花岡信昭さんに解説してもらいましょう」と言っているので、「エッ、あのハナオカさん!?」と、ちょっと驚いた。

その後、花岡さんは産経新聞社を辞め、保守派の論客として二〇〇二年の長野県知事選に出馬を表明、告示直前に私的事情から出馬を取りやめた（知事選は田中康夫氏が勝利）。二〇一一年、急性心筋梗塞のため急逝。

話はどんどんそれるけれど、私がフリーのライターとして忙しく働き始めていた頃、土屋さんから「高校時代のクラスメートにイノセというやつがいて、信州大学と明大の大学院を出て、もう結婚もしているんだけれど、フリーのライターになりたいらしいんだ。ポツポツ仕事はあるらしいんだけど、一度会ってみて」と言われ、「私だってまだ駆け出しだから、力にはなれないよ」と言いつつ、会ってみた。

話を聞くと、ドキュメント物を手がけたい様子なので、私が協力できることは、ほとんど無かった。

それからけっこう間もなくだったと思う。「週刊文春」を読んでいたら、イノセさんが書いた連続放火魔事件のドキュメントがバーンと掲載されていた。そう、イノセさんとは猪瀬直樹のことなのだった。土屋さんと共に、三人で何度か会ったりしていた。

ご存知のように猪瀬さんは二〇〇七年から石原慎太郎・東京都知事のもとで副知事になり、二〇一二年には知事になった。

副知事時代、土屋さんと共に猪瀬さんに会いに都庁を訪れたことがある。副知事室を見てみたいというだけでなく、都の水源問題に関して少しばかり関心を持っていたからだ。副知事室も知事室（石原知事は留守）も見られて、ちょっとトクした気分だった。

それにしても土屋さんのクラスメート二人が知事選に絡んでいたというのは、何だかスゴイ。土屋さん自身は、まったくノ〜ンビリとした人なのに。

さて、話は戻る。「早稲田文芸新聞」は何とか刊行された。石井君はマンガ『あしたのジョー』について論じていたと思う。私はいったい何を書いたんだろうか？　まったく思い出せない。言うまでもなく、この新聞も一号だけで終わった。

全共闘の広がり

高校時代からの親友K子とは相変わらず頻繁に会っていた。

K子の通う東京外語大（ロシア語学科）でも闘争があり、ただでも授業がきびしいのに、それにセクト間の争いも加わって、クールなK子も「何が何やら」状態になっていた。お互いにグチリ合うことで頭の中を整理していたような気がする。

マンモス大学の早稲田と違って、外語大は学生数が少なく、校舎やキャンパスもこぢんまりしたものだった。

この年の秋、外語大でも学園闘争があった。学生寮の建て替えなどをめぐって大学側と対立。東大闘争の影響もあり、外語大全共闘が結成され、やがて過激化。バリケード、全学封鎖、大衆団交での教授吊るし上げ……と、どんどん激化していった。

教授会も割れて、安東次男（当時、有名だった詩人、俳人）は全共闘側について教授会から辞職勧告を受けたらしい（結局、辞めず）。

翌春には機動隊が導入され、封鎖は解除された。

新入生の入試は学外で実施したものの、すぐには入学できず、K子たちの学年の卒論は提出取りやめになり、卒業は六月にズレ込んだ。

学生たちは、卒業して早く就職したい人と、卒業優先ではなく運動を支持する人とに二分されていた。

K子はロシア語関係の通信社に就職が決まっていたのだけれど、卒業がズレ込んだためキャンセルされた。

それで、原卓也助教授（親子二代にわたるロシア文学者。のちに東京外国語大学学長）の紹介だったと思うが、級友のMさんと共に作家・水上勉の軽井沢の別荘でおさんどん。おもな業務は三食の料理。白洲次郎・正子夫妻が訪ねて来たこともあるという。

そのアルバイトが終わった日、私とK子は軽井沢駅ホームで待ち合わせて小旅行した。おさんどん生活についてのグチを聞かされて、私は笑ったり同情したり。

その後、K子はロシア語関係の零細出版社や通信社や親類が経営する情報会社やら、いくつかの会社を転々としながらも、英語の勉強を続け、外務省入り。ヨーロッパ各国の大使館に勤務。今はオランダで永住の構え。

日本の外務省にいた頃から俳句にはまり、有名結社に所属して、どうやら頭角を現したようだ（K子は自己評価の低い人なので自慢することはなかったが）。やがて（八〇年代だったかな？）K子を宗匠格として、私と外語大の仲間たちで月に一回シロウト句会を催すことになった。私とも顔なじみだった面々。革マル派の闘士としてマイクを握ってアジっていたT氏（通信社勤務）が苦吟していたり、理論派だったU氏（新聞社勤務）が思いっきり演歌調の句を作るのがおかしかった。

オランダに住むようになったK子とは、数年前から週に一度、お互いに俳句を七句、メールで送りあい、三句を選ぶという「メール句会」をするようになった。おかげで離れて暮らしている感じがしない。十代の頃からの私を知る、たいせつな友だちだ。

『ねじ式』ショック

この一九六八年は私にとって忘れ難い画期的な年になった。二つの、大きなカルチャーショックを体験したからだ。一つはつげ義春のマンガ『ねじ式』。もう一つは秋に読んだ夢野久作の小説『ドグラ・マグラ』——。いずれも空前絶後。その後それに匹敵するほどのショックは体験していない。若い時に出会う、というのは格別のものなのだと思う。

つげ義春のマンガ『ねじ式』は、この年の「ガロ」六月増刊号に掲載された。

「まさか　こんな所に　メメクラゲが　いるとは　思わなかった　ぼくはたまたまこの海辺に泳ぎに来て　メメクラゲに　左腕を噛まれて　しまったのだ」という言葉が添えられた一コマ目から、もう、心を鷲づかみにされた。眉の無い、白目がちの目、妙に厚い唇を持った男、荒涼とした海辺の上空を低く飛ぶ黒い飛行機……。「あ、こんな夢、見たことある！」と思った。ドキドキした。

奇妙な夢の中を行くような感触は最後まで破綻することなく維持されてゆく。村の家並の中に突入する蒸気機関車、目医者ばかりの家並、金太郎アメ、頭に反射鏡をつけた女医（その背後の海には戦艦のようなもの）、血止めのネジ……。何か不思議な懐かしさと怖ろしさに襲われた。イメージを脈絡なく展開してゆく、その手際にも圧倒された。

つげ義春は『ねじ式』と同時期に『長八の宿』と『ほんやら洞のべんさん』を描い

ている。二作とも地方で細々と暮らすおやじの姿を活写した秀作。「大衆」とか「市民」といった言葉では表現しきれない何かを持った人たち。私の心の中には長八とべんさんがシッカリと棲みついた。さらに、まったく作風の違う『ねじ式』が登場したのだった。一大衝撃！

今、私の手もとには当時の私が『ねじ式』のページを壁にピンナップして、その前でイイ気になっている写真がある（妹・撮影）。すっかりカブレていたのだ。今、再読してもドキドキする。

『ドグラ・マグラ』ショック

さて、もう一つの衝撃というのは、夢野久作の怪小説『ドグラ・マグラ』。確かこの年の秋だったと思う。「社研」の新入部員・坂入進君に「この本、読んでみて」と言われ、タイトルからして面白そうなので喜んで借りた。

それは私の人生を変えた一瞬となった——と言っても過言ではないのだった。

物語の前に添えられた巻頭歌、「胎児よ　胎児よ　何故躍る　母親の心がわかっておそろしいのか」、そして書き出しの「…………ブウウ——————ンンン

――――ンンンンン…………。」から、最後の「……ブウウウ……ンンン……ンンン………。」まで、狂ったように一気に読んだ。かなりの長編であるにもかかわらず。

『ドグラ・マグラ』は一九三五（昭和十）年に出版された長編小説。自分がどこの誰かもわからない狂青年・呉《くれ》一郎と、そのいとこにしてフィアンセの美少女モヨ子。九州帝国大学精神病科教授の破天荒な正木敬之《けいし》博士と、そのライバルの若林鏡太郎博士の暗闘――といったものを軸に、狂人の解放治療場（一九二一年に日本公開されたドイツ映画『カリガリ博士』を連想させるところあり）とか、中国のある絵師のおそろしいような所業とかのエピソードが鮮やかな万華鏡のように描き出されてゆく。

時間と空間が複雑な構成になっていて、頭の中、大混乱（ドグラ・マグラという言葉は九州の方言で「堂々めぐり」という意味だという説もあるが、造語という説もあり）。とまどいながらも怪しい魅力に引っぱられ、ぐいぐい読まされてしまう。読みながら私は興奮した心の中で何度も叫んでいた。「こんな小説、初めてだよー！」

読み終わった時は、ぐったりと疲れていた。小説の中に魂を奪われたかのような疲れ。まさに空前絶後の読書体験だった。ほんとうに体験したという感じが強かった。

あとで知ったことだが、『ドグラ・マグラ』は夢野久作が十年以上にわたって推敲《すいこう》を重ねた小説で、夢野は「これを書くために生きてきた」と言っていたという。そして実際、夢野は『ドグラ・マグラ』を出版した翌年に死去しているのだった。『ドグラ・マグラ』は、小栗虫太郎の『黒死館殺人事件』、中井英夫の『虚無への供物』と共に「三大奇書」と呼ばれ、「本書を読破した者は、必ず一度は精神に異常を来す」と言われているという。

坂入君が貸してくれた『ドグラ・マグラ』は、ハヤカワ・ポケット・ミステリ版だった。これはとってもシブイことだった。なぜなら、その後まもなく（六九年六月から七〇年一月にかけて）、三一書房から『夢野久作全集』全七巻が続々と出版されたからだ。坂入君はシッカリそれを先取りしていたのだった。

もちろん、私は三一書房の『夢野久作全集』を買い込み、ガツガツと読んでいった。『氷の涯』『押絵の奇蹟』『あやかしの鼓』など、すばらしかった。耽溺。

『ドグラ・マグラ』は八八年に松本俊夫監督脚本で映画化もされた。物語の中で重要な位置を占める正木博士役を桂枝雀が、若林博士役を室田日出男が演じた。うーん……、あの怪小説を映画化することの難しさをあらためて痛感させられた。

昭和元禄の中で

TVのCMでは「大きいことはいいことだ」という千三百人の合唱が流れていた。「昭和元禄」という言葉が流行語のようになっていた。遊興的、爛熟的ムードは、この年、最高潮に達していたような気がする。

アメリカ西海岸を中心に幻覚剤（LSDなど）を飲んで得られる幻覚的なイメージを絵画化したサイケデリック・アートが、日本のアート界やファッション界にも大きな影響を与えた。そのトップを走っていたのがピーター・マックス。ショッキング・ピンクやエメラルド・グリーンなど鮮烈な色使いで幾何学的な図柄をベースに、アメリカの大統領の顔を組み合わせることが多かった。

日本では何と言っても横尾忠則。極彩色を用いながら、ピーター・マックスのように幾何学的な図柄ではなく、シンプルな線で大スターたち（高倉健や浅丘ルリ子）や花札など昔からの通俗的なアイテムを描いて、何かドロッとした郷愁のようなものもかき立て、若者たちの間で大人気（大衆的デビューは当時人気があった雑誌「平凡パンチ」だったと思う）。アングラ演劇のポスターなども手がけて一気にポップアート界の大スターとなった。

忘れ難いのが、この年に始まったTV番組「木島則夫ハプニングショー」。木島則夫はNHK出身の人気アナウンサーというか司会者で、民放に移っても、おもに主婦層から絶大な支持を得ていた。「ハプニング」というのは、もともとは先進的な美術用語で、きっちり企画されたものではなく偶発性の面白さを狙ったもの。TV番組としては、シナリオも何もなく、万事なりゆきにまかせるという、大胆な試みだった。

第一回のテーマは「新宿」で、若者たちのティーチ・インを企画したのだが、五千人を超える若者たちが集まり、大混乱。木島は近くの喫茶店に逃げ込むしかなく、あげくの果ては機動隊が駆けつけるという騒ぎになったのだが……これで一気にハプニングという言葉は大衆的に広まるようになった。

私はこの第一回の放送を観ていたのかどうか、まったく記憶がない。私が鮮烈におぼえているのは、横尾忠則が登場した回のことだ。

一般人の愛車のボディに、横尾がイラストレーションを描く、という企画。横尾が描いている様子、そしてそれを見守る人びとの反応をカメラは追ってゆく。

横尾はお得意の花札の絵柄や、確か桜吹雪のようなものを描きこんでいたと思う。とにかくシロウトの愛車一台が、カラフルに、デコラティブに、ど派手に変身することになった。

言うまでもなく私は横尾ファンだったのだが、その仕上がりに、余計な心配をせずにはいられなかった。「この人（車の所有者）、この車で街中を走るの、恥ずかしくないのかなあ」「この人、きっと、もう一台、車を買うことになるんだろうな、実用車として。横尾イラスト車はガレージに収納したまんま、ってことになるんだろうなあ、巨大な美術品として」――と（今、「開運！なんでも鑑定団」に出したら、いったい、いくらくらいの値がつくのだろう？）。

というわけで横尾忠則を筆頭に、宇野亜喜良、灘本唯人、黒田征太郎……といった人たちがポピュラーな人気を獲得。雑誌文化の隆盛の中でイラストレーターという言葉も定着するようになったのだった。

私の心に「イラストレーターになりたい」という野望が芽ばえた。以前から絵を描くことは好きだった。まったく自己流だったので、全然自信がなく、「思い切ってセツ・モードセミナーに転校して修業しようかなあ」とも思った。セツ・モードセミナーはイラストレーター長澤節さんの主宰する画学校。セツさんは大正生まれで当時すでに五十代だったが、ユニークなファッション（時に巻きスカート状のものも）や映画好きとしても知られていた。

絵のうまい同世代の中で恥をかくのがおそろしく、セツ・モードセミナーに転校するというアイディアは、サッサと断念したのだが……その後、雑誌ライターとして働いていく中で、ごく親しくなった女友だち二人（上田三根子、石川三千花）がセツ・モードセミナーの卒業生だったのは、うれしい偶然だった（そのセツ・モードセミナーは二〇一七年春に閉校）。

そうそう、確かこの「木島則夫ハプニングショー」だったと思うのだけれど（あんまり自信はないが）、土方巽《たつみ》の暗黒舞踏が登場したことがあった。どこかのホール内で、客席の間を、元禄花見踊の曲にのって神輿《みこし》（のようなもの？）にかつがれて、異様な風体の土方巽が登場するのだ。生きたウサギを抱いていたような気もするが、記憶がアヤフヤ。

土方巽は超カッコよかった。彫りが深く鋭い眼光の顔。肩までの長い乱れ髪。骨っぽい痩身をうねらせる姿は、何だか高貴なる乞食といった風情。何だかよくわからないまま胸を鷲づかみにされた。あとで知ることになるのだけれど、土方巽の弟子筋には、唐十郎や麿赤兒《まろあかじ》や田中泯《みん》などがいたのだった。TVの世界が土方巽まで受け入れてしまう。それが六八年という時代の雰囲気だった。土方巽は一九八六年に五十七歳で亡くなった。

この年、ザ・フォーク・クルセダーズによる「帰って来たヨッパライ」が大ヒット。関西の大学生三人（加藤和彦、北山修、はしだのりひこ）によるコミックソングで、早回し録音や関西弁の神様の説教や坊主の読経などを織り込んだ、フザケきったもの。ラジオの深夜放送で火がつき、アッという間に、巷《ちまた》には「おらは死んじまっただあ〜」「天国よいとこ一度はおいで」というフレーズが氾濫した。いよいよ同世代＝ベビーブーマーのアマチュア主義が支持されるようになったのだ。

三人の中で最も数奇な運命をたどることになったのが加藤和彦だ（四七年生まれ、私と同学年）。フォーク・クルセダーズは人気絶頂の中、サッサと解散。加藤はロック色を強め、たびたびロンドンへ。福井ミカと結婚。サディスティック・ミカ・バンドを結成。七〇年代半ばに離婚。

二年後に伝説の作詞家・安井かずみ（八歳上、通称ズズ）と再婚。この二人の超オシャレなライフスタイルは俄然、メディアの注目の的となる。確かデパートの広告だったと思うが、新聞一ページに二人が並んでいる写真がガーンと出ていた。夫婦揃ってのファッション・リーダー。

ところが……九四年に安井かずみは肺ガンで死去。加藤はしばらく沈黙していたが、八〇年代末から精力的に活動を再開、九五年にはオペラ歌手・中丸三千繪と再々婚（五年後に離婚）。桐島かれんや木村カエラをヴォーカルに迎えてサディスティック・ミカ・バンドを再結成したり、若い世代とバンドを結成したりしていたが、二〇〇九年十月十七日、軽井沢のホテルで首吊り自殺。六十二歳だった。晩年はうつ病で、遺書には「死にたいというより、消えてしまいたい」と書かれていたという――。

新宿は若者文化の聖地のようになっていた。それを、いっぷう変わった仕掛けで映画化したのが大島渚監督の『新宿泥棒日記』（公開は翌六九年二月）。もちろん観に行った。アートシアター新宿文化。

当時の若者たちにとっては新宿のシンボルのごとき存在だった紀伊國屋書店を舞台

にした、半ばドキュメンタリー的なモノクロ映画だった。

冒頭、街頭にいきなり状況劇場の唐十郎が半裸で登場、おなかには大きな牡丹の花の絵柄が。何かわからないのだけれど、おどろおどろした気分は強烈に伝わってくる唐のモノローグがあり、やがてカメラは紀伊國屋書店店内に。横尾忠則扮する万引青年が、横山リエ扮する自称・書店員に現場をおさえられ、書店の社長・田辺茂一（当時、新宿を代表する有名人だった）の前に突き出される。

二人は田辺茂一をはじめ、やっぱり当時有名だった性科学者・高橋鐵《てつ》や大島映画の常連俳優などのセックス論を聴く――という半ばドキュメンタリー的な構成になっていた。横山リエが書店の中にたたずんでいると、書棚から様ざまな本の一節が、あたかも言霊《ことだま》のように聴こえてくるというシーンが印象的だった。

とにかく。今の若者のメッカ（渋谷？　原宿？）とは、街の空気がだいぶ違う。六〇年代末の新宿はナマイキだった。乱暴だった。〝青二才〟の街だった。そんな気がする。

就職戦線サッサと脱落

話があとになってしまったが、この年の確か夏休み、私は就職試験を受けた。就職については真面目に考えていなかった。みんなが騒いでいる様子なので、「そうか、就職か。やっぱり出版社がいいかなあ」と思い、就職課とか何とかいうところに行って求人票（？）を観たら、私が入りたいと思った出版社は軒並み女子は試験を受けることすらできないのだった。ガッカリした。世間とはこういうものなのかと、ほとんど初めて知らされた。

ようやっと見つけたのが文化出版局。私と妹はこの出版社のファッション誌「装苑」を愛読していたので、喜んで試験を受けた。

その試験というのが大変だった。何百人だか知らないが、大勢の女子学生が詰めかけ（何しろベビーブーマーだからね、絶対数が多かった）、夏休みいっぱいを使って、二度だったか三度だったか、ペーパーテストでフルイにかけられていって、最後は面接試験ということになるのだった。

私は何とか面接までサバイバルしたのだが……。ペーパーテストで自然と顔なじみになった他の大学の女子大生にお茶に誘われ、雑談を交わしていると、その女子学生が「結局、コネなのよね！」と断言したのでビックリした。すぐには信じられなかった。「それだったらペーパーテストを何度もやることないじゃない？」とか何とか反論したような気がする。

面接試験は無難にこなせたと思ったのだが……結局落とされてしまった。こんなことを言うのもおこがましいが、ファッションにあんまり関心がなさそうに見えた女子が合格したのを知って、「うーん、やっぱりコネもたいせつなのか」と思わずにはいられなかった。ばかばかしくて、しばらくの間、他の試験を受ける気になれなかった。

その後、女子も採用という硬派の小出版社の試験を受けた。確か一次は通ったのだけれど二次で落とされた。すごく難しい漢字熟語の問題でつまずいたのだった。根性無しの私はフテクサレ気分。「もうアルバイトでも何でもいいや」と思った。アルバイト先の世田谷の塾の先生が「ウチで働いてくれてもいいんですよ」と言ってくれていたこともあって。結局、父が勤めていた読売新聞社の出版局でアルバイト（主な業務はお茶くみ）することになったのだけれど。

あれは六九年の三月だったと思う。雪が降った翌日。アルバイトを始めるために西銀座の読売新聞社（その後、大手町に移転）に挨拶をしに行った。道路の隅には前日の雪が薄茶に汚れて残っていた。信号待ちの間、その雪をみつめながら、アルバイトではあったものの、父のコネを使うことになった自分を情けなく思った。

そうそう。六八年のことだったと思う。早稲田のキャンパスで、クラスメートの男子（名前は忘れた）とバッタリ会ったら、「いやー、就職活動で東奔西走ですよ」と苦笑しながら言うのだった。東奔西走という言葉から、私の頭には、彼が短い手脚をバタバタさせているマンガ的な図が浮かび、おかしかったのだが、それと同時に「就職活動って？　いったい何をするんだろう？　もしかして試験以外に何かするの？」という疑問が湧いた。

つい先日。『何者』という映画を観た（朝井リョウの原作は読んでいない）。学生たちが人生の一大事のごとく「就活」に取り組んでいる様子を描いたもの。「就活」をめぐって学生たちは隠微な心理的暗闘を展開するのだ。

こんなことを書くと気を悪くする読者も多いだろうが……ハッキリ言って、私はその陰険さ、せせこましさ、世知辛さ、自己防衛意識の頑《かたく》なさに耐えられなかった。就職が人生の大きな転機になることは私自身思い知らされたことだけれど（フリーのライターとして自活できるまでザッと十年近くかかってしまった。実家暮らしゆえのノンキさだったかもしれないが）、やりたいことさえハッキリしていれば、回り道はそんなに苦痛ではなく、すべてが修業と割り切ることができる。手がたい会社にスンナリ入ることだけがすべてでは無い。もっと大らかに乱暴に自分をこわしていってもいいんじゃないか!?　それが若さの特権というものなんじゃないか!?——と、ジレったく思うのだった。

そんな話を同い歳の元・敏腕編集者H氏に語ったら、「中野さん、僕も同感ではあるけれど、僕たちと、今の若い子たちでは時代が違うんだよ。決定的に経済成長率が違う。僕たちは経済成長が高レベルで推移している中での就職だったけれど、今の若い子たちは経済成長が低レベルの中で育って、就職するわけだから。世知辛くなるのも無理ないんだよ」と言われ、それもそうかなと反省した。でも……やっぱりイヤだなあ。陰険で、計算高く、自分を頑なにかばっている若者なんて。そういう奴がいても仕方ないけれど、デカイ面《つら》だけはしないで欲しい。

そうそう。結局のところ、「就活」って具体的にはどういうことをするのか、映画を観てもよくわからなかった。試験を受ける以外に何か、することあるの？　はい、私、いまだに世間知らずです。

と、ここまで書いて何か心に引っ掛かるものがあった。何だろう⁉　しばらく筆を休めてボーッとしていたら、二つの記憶が浮かびあがってきた。両方ともコネの話。すっかり忘れていたのだが、実は私もコネ作り（？）をしていたのだった。私から頼んだわけではなくて、心配した父が信頼している知人に「娘が就職問題で困っているようなので相談に乗ってほしい」と頼んだようで、ある日、「この人たちのお宅にうかがって相談しなさい」と言うのだった。

一人は読売新聞の夕刊コラム「よみうり寸評」というのを書いていた細川忠雄さん。もう一人は推理作家の三好徹さんだった。

あんまり気がすすまなかったけれど、仕方ない、出かけることにした。

細川さんは読売らしく庶民的な味わいのあるコラムで人気があった人。お宅も荒川区の三河島にあった。

父より年長の人に一対一で相談事をするのは、ほとんど初めてのことだから、たぶん緊張していたと思う。細川さんも決して愛想のいいほうではなかった。それでも飾り気なく実直な感じは伝わってきた。

「で、何をしたいの？　何になりたいの？」と聞かれ、私はなんと「コラムニストになりたいんです」と答えていた。

その発言を思い出した時、自分でもちょっと驚いた。エーッ!? そうだったの、私――半世紀近くも前に、そう思っていたの、私――と。すっかり忘れていた。雑誌の編集とか、スタイリスト（まがい）の仕事とか、コピーライター（まがい）の仕事とか、いろいろやってきたけれど、結局、「コラムニスト」という仕事に落ち着いても う三十年以上になる。流れに身をまかせていたらコラムニストという仕事にたどりついた――とばかり思っていたのだが、実は念願通りだったのね、と初めて気がついた。妙な気分。

話は戻る。「コラムニストになりたい」という私の言葉に、細川さんはちょっと驚いた顔をして、「コラムニスト……」と呟いた。

当然だろう。細川さんは実質上のコラムニストだったのだから。ビックリするよね。呆れるよね。

当時はまだコラムニストという言葉は一般的ではなかった。私の記憶では、当時、肩書としてコラムニストという言葉を使っていたのは青木雨彦さんくらいのものだったと思う。

細川さんは「コラムニストも大変だよー」と薄く笑われた。

そうだ。「とりあえず出版社に入りたい」と言ったら、細川さんは「そうか。文藝春秋には知り合いがいるけれど」とおっしゃった。これも不思議な偶然だ。ライターになって何年後だったか文藝春秋の編集者から声がかかり、以来、何人もの優秀な編集者に恵まれ、育ててもらった。はい、この本が世に出るのも文藝春秋のおかげです。

結局、その年、文藝春秋の入社試験を受けることはなかった。四年制大学卒の女子の採用がなかったのだ。

細川さんはちゃっかり、数日後の「よみうり寸評」の中で私の訪問をネタになさっていた。内容は忘れてしまったけれど、「老記者の娘さんが……」と、父のことを「老記者」とお書きになっていたのが、ちょっとショックだった。そうか、父も「老」がつくようになったのか、と。

結局、私は就職に失敗して、読売の出版局で一年弱アルバイトをすることになるのだが、その年の秋、細川さんは亡くなった。六十歳だった。青山の斎場で葬儀があった。出版局の編集部員といっしょに私も参列した。

さて、もう一つの訪問先が世田谷の三好徹さん（本名・河上雄三さん）のお宅。

父が横浜の支局長をしていた時（私の小学生時代）に新卒で赴任してきたのが「河上君」だった。最近知ったことだが「河上君」は読売の入社試験で第一位の成績だったという（二位が、なんと、渡邉恒雄《ナベツネ》さんだったとか）。

父は「河上君」が好きだったようだ。「河上君が」「河上君は」と言っていた。

やがて現れた「河上君」、いや三好徹さんは端正な顔立ちでカッコよかった。著名作家に会うのは初めてだったので、私は自分の就職問題より作家の暮らしぶりのほうに興味を持ってしまったようだ。執筆の邪魔をしているんじゃないか？　という心配もあった。

何をどう話したか、さっぱり記憶なし。一つだけおぼえているのは、「（作家なんて）悪魔に魂を売ったようなものだよ」と苦笑されていたことだけ。

結局、私はコネ無しで試験は二社受けただけでギブアップ。お二方にはご負担をかけることは無いままアッサリとアルバイト生活に突入したのだった。べつだん落ち込んだりはしなかった。何の根拠も無いのに、そのうち何とかなるだろうと思っていた。

二大自己顕示

させて。ここに書くのは気がすすまないのだけれど、キレイゴトばかり書いてすませるというわけにはいかない。恥を忍んで書くことにする。

この年、私はなぜか（ほんとうになぜだったんだろう？）二大自己顕示的行動に走るのだった。

一つは、そんなに恥ずかしくはない。「ガロ」の熱心な読者だった私は、この年の何月頃だったんだろう、「ガロ」の読者投稿欄に投稿して、次の号に掲載されたのだった。スクラップしておかなかったので、いったい何をどう書いたのか、わからなくなってしまった。

わずかに覚えていることは、①掲載号を見た呉智英が「フフ、まああだな」とせせら笑ったこと。②原稿の中で、あるマンガ家の連載ギャグ・マンガを、ギャグが面白くない、絵柄がヤボったい……というふうに批判したのだが、その次の号で、そのマンガのファンである読者からの反論記事が掲載されていたので、いささかショックを感じ、「そうか、批判的なことを書けば、当然、それに対して反論する人も出てくるわけだ。ひとを批判する時は、そういう覚悟もしなくてはいけないわけだ」と思い知ったこと。

不特定多数の人びとに向けて「書く」ということのこわさを知った。その後、フリーのライターとして書き続けていくうえで、いい教訓になった。うれしくはないけれど。

もう一つの自己顕示は、猛烈に恥ずかしい。なんであんなことをしたのだろうと、自分でも理解に苦しむ。

ＴＶ出演したのだ。いつも面白がって観ていた「アップダウンクイズ」という番組に。

私はＴＶっ子だったから、ＴＶの現場を見てみたい、参加してみたい、という気持が大きかったと思う。「日常生活の冒険」という気分もあったと思う。ＴＶで自分はどう映るんだろうという興味もあったのだろう。

都心のどこだったか忘れたけれど、関東地区の応募者（五十人くらい？）がビルの一室に集められ、ペーパーテストがあった。結局、私も含めて三人が選ばれ（たぶん、性別や年齢もバランスよく選ばれたのだと思う）、数日後、新幹線で大阪へ。確かテレビ局は千里にあったと思う。

スタジオ入りする前に出演者は控室に集められ、番組進行役の小池清アナウンサー（当時、安定的な人気があった。感じのいい人だった）から、一人一人簡単なインタビュー（趣味とか生活ぶりについての質問）があった。その時の発言は番組で出演者を紹介する時のコメントとして利用された。

一人一人、ゴンドラのような物に入り、ボタンを押して正解すると一段アップする。まちがえた答えだと全部帳消しになって、ゼロ段まで落ちてしまう。これがコワイ。全部で十段。

べつだんあがるということは無かった。生CMの様子とか音楽の入れ方とか番組の進行具合を面白く観察していた。

番組が始まって、割合、トントンと正解して、ゴンドラが上昇していった。八問まで
いった時、私って根がセコイんですね。もう安泰だあ、リスクをおかして十段まで狙うこともない。手がたくいこう、手がたく――なあんて気分になってしまった。わかっているのにボタンを押さなかった。他の人たちも慎重ムードで、結局、私が一番の好成績という結果になった（ような気がする。記憶はおぼろ）。ひとまずホッとした。

帰りにスポンサーのロート製薬から数々のオミヤゲ（ロート製薬の商品）をもらった。

ふーん、TVの番組作りってこういうものなのかとわかって面白かった。気がすんだ。私が出たその回は、確か、塾のアルバイトがあって放送は見られなかったように思う。とにかく記憶にない（当時まだビデオ録画はできなかった）。

放送があった二、三日後。クラスメートの女子Sさんと日比谷公園を歩いていたら、突然、学生風の男子に「あなた、アップダウンクイズに出てたでしょ」と声をかけられ、ギクッ。「いや、そんなことは」とか何とか言って、そそくさと逃げた。何でわかったんだろう、あれだけのことで……と不思議に思った。TVの威力の凄さが身にしみた。以来、ちょっとしたトラウマのようになり、雑誌などでは顔写真を撮られるのもうれしくはなかった。もちろんTVには絶対に出ない。TVに出ていても悠然としている同業者たちの器の大きさには、頭がさがってしまう。ほんと、私って根が小《こ》物《もの》なのだ。

ハデな一年

あらためて一九六八年って派手な年だったなあと思うのは、全国的な大学闘争の展開もさることながら、二月には金嬉老《きんきろう》事件が、十二月には三億円事件が起きたという事実――。

もはや大昔のことなので説明が必要だろう。

金嬉老事件（＝寸又峡《すまたきよう》事件）というのは、在日韓国人二世の金嬉老（一九二八年生まれ、当時三十九歳）が暴力団から借金の返済を求められ、静岡県清水市（現静岡市清水区）のクラブで暴力団員と会い、そのうち二人をライフル銃で射殺。その後、同じ静岡県の寸又峡温泉の旅館に立てこもり、猟銃とダイナマイトで武装、旅館経営者や宿泊者ら十三人を人質にした。

さっそくTVが生中継。金は日本人による在日韓国人への差別体験を語り、謝罪を要求。記者会見や手記も発表。その様子はTVでも生中継され、のちに「劇場型犯罪」と言われるようになった。

もちろん母国である韓国でも大報道があり、金は「民族の英雄」ということになった。結局、金は逮捕されたのだが、その時の写真が強烈なインパクト。金は凄い形相だった。

この事件、私も大いに興味を持ってTVを観ていた記憶がある。金嬉老というエキセントリックな人物は「劇場型犯罪」にピッタリだったからだ。TVというメディアで「現在進行中」という形で見せられると、人間って、ついついウォッチングしてしまうものなんですね。人質になった宿泊者たちも、事件を知ったリベラルな文化人たちも金嬉老に肩入れする様子を見せていた。TVをウォッチングしていた私もいささか「金、がんばれ」気分になっていた。いろいろあって、韓国に強制送還されてからの行動を知ると、まさに一筋縄ではいかない、特異な性格がわかり、「一杯くった」という気分になったのだけれど。

いっぽう、もう一つの三億円事件はクールであざやかなものだった。大金は奪われたものの、血の一滴も流すことのない犯罪だったのだ。しかも単独犯の可能性も大きい。なおかつ、奪われた三億円には保険がかけられていたので、実害はなかったのだ。多くの人びとが（私も、もちろん）喝采を送るようになってしまったのも無理は無いだろう。堂々のダーティ・ヒーローだ。

手配されたモンタージュ写真を見ると、私と同世代のように思えてならない。その緻密な頭脳、豪胆な行動力。「敵ながらアッパレ」感あり。

一九七五年十二月十日には時効になった。私がやりましたと名乗り出てくれたらいいのに！　とにかく私は、その顔が見たくてたまらないのだ！　お金の使いみちも知りたい！　まだ生きてるよね、きっと!?

ウェイトレスもラクじゃない

あれは一九六九年の二月頃だったろうか。女友だちの紹介で大学裏の喫茶店（店名、忘れた）で一カ月弱、ウェイトレスのアルバイトをした。

店主は当時四十代とおぼしき女の人で、愛想なく、こわかった。

どこの学部だったか、入試があった日、子どものつきそいで来ていたのだろう、母親らしき女の人に「××学部の合格倍率は？」と聞かれ、そのデータだったらカウンター内の壁に貼ってあったなと思い、そのデータを見て「×倍です」と教えたら、それを見ていた女主人に「よけいなこと、するんじゃない！」と叱られた。

お昼は母が作ったお弁当を二階に続く階段で食べた。ちょっとわびしかったけれど、こういうものか……と思った。

寒さの底だった。母はエンジの毛糸でパンツ・カバー（?）を編んでくれて、「はいて行きなさい」と言った。私は「やだー、そんなの」と抵抗していたのだが、やっぱり寒さには勝てず、はいていた。スカートはタータンチェックのミニ丈のプリーツだ。客のテーブルにオーダーされた物を置く時、エンジが見えないように気を使った。レジも任されていたので、緊張した。小銭を稼ぐのもラクじゃないのだった。

店の前では、土屋・石井コンビが、入試の合否結果速報の受け付け——というアルバイトをしていた。

やっぱりTVっ子

私が、何があってもアメリカを嫌いになれないのは、きっとアメリカのTVムービーと映画のせいだろう。アメリカ流の（もしかするとユダヤ系の?）笑いのセンスが好きなのだ。ヒネリが利いていていて。

私の子ども時代はTV草創期で、国内ではまだ番組を自前で制作する能力が低かったのだろう、アメリカから買いつけたTVムービーで穴埋めされていた。

これが私にとっては幸いだった。「スーパーマン」「ロビン・フッドの冒険」「パパは何でも知っている」「うちのママは世界一」「パパ大好き」「ビーバーちゃん」など熱心に観ていた。一連のホームドラマでは、アメリカの標準家庭のディテール——大きな冷蔵庫、芝刈り機、ピクルス、デイトなどに目を見張った。最も驚いたのは、「ママ」がキッチンでもイヤリングをしてハイヒールを履《は》いていることだった！　だいぶ洗脳されたと思う。

私が大学に入った頃には、日本のＴＶ界も自前で番組を作る能力がだいぶ向上したので、アメリカ製ＴＶムービーはあまり観られなくなったのだが……それでも（何曜日だったか忘れたが）「それ行けスマート」と「ハニーにおまかせ」が連続して放送される曜日があった。私はこの二つ、特に「それ行けスマート」が大好きだった。石井君は「ハニーにおまかせ」が好きだと言ってたなあ。

「それ行けスマート」は、当時大人気の００７シリーズのパロディのようなもの。スマートという主人公は機敏だが、ちょっとマヌケなスパイ。これが毎回、意表をつく小道具を駆使して悪とたたかう。冒頭のクレジットタイトルからギャグが仕掛けられている。スマート役のドン・アダムスの軽妙な魅力。そしてキレのいいギャグ。夢中になった。日本製ではあり得ない、まさにスマートなコメディだと思った。

のちに知ったことだが、この「それ行けスマート」のギャグ・ライターは、あのメル・ブルックスなのだった。映画『ブレージングサドル』(七四年)、『ヤング・フランケンシュタイン』(七四年)、『メル・ブルックスのサイレント・ムービー』(七六年)などを監督して「コメディ映画の巨匠」と言われた人。案のじょうユダヤ系で(コメディ界には、やたらユダヤ系が多いのだ。マルクス兄弟もウディ・アレンもそうだしね)、ずんぐりとした体に愛敬のある顔のおやじ。私の最屓女優アン・バンクロフト(『奇跡の人』のサリヴァン先生ね)と結婚、死別。このおやじ、九十三歳の今も健在。

日本製では何と言っても『男はつらいよ』。

TV版は六八年秋から六九年春にかけて放映された。これは一家揃って楽しんだ。TV版の演出は小林俊一、脚本は山田洋次、稲垣俊、森崎東ら。

車寅次郎を演じた渥美清がすばらしかったですね。私、思いっきり自慢なんですが、浅草芸人だった渥美清の最初のTV出演をおぼえているんですよ。「わが輩ははなばな氏」(五六〜五九年)というフランキー堺一家が出演していた生放送ドラマにホームレスのごとき怪しい姿でチラリと出ていたのは、絶対に渥美清だったと思う。その後、「すいれん夫人とバラ娘」（五七年）というドラマに脇役で出ていて、「セールスマン水滸伝」（五九〜六一年）でブレイクした。

――なあんて。とにかく私は渥美清に注目していたのだ。子どもだったけど。一種の美声と、それに似合わないゴツイ顔――その落差が面白かったのかな？

話は戻る。TV版の「男はつらいよ」を観ていて、「とらや」の人たちに象徴されるカタギの世界を愛しながら、どうしてもそこからはみ出してしまう寅次郎のアウトサイダー性に、ひとごとならず共感したような気がする。私ばかりではない、全共闘世代の多くはそうだったのではないか。

だから、最終回、寅がハブに噛まれて死んでしまったという展開には唖然となった。ガッカリした。TV局には多数の抗議電話がかかってきたという。

父はなぜか、「とらや」のおばちゃん役の杉山とく子が好きで、「いるんだよなあ、こういうの」と、うれしがっていた。小柄でいかにも心配性といった感じの、淋しい顔立ちの人だった。私もつられて、杉山とく子のおばちゃん役を気に入っていたので、映画化された時、どっしりとした三崎千恵子になっているのには、しばらくの間、違和感をおぼえた。

当然のごとく映画版もセッセと観に行っていた。渥美清と森川信、この俗臭たっぷりの喜劇人の演技合戦にしびれた。二人のケンカ場面には、ハミダシ者の倫理vs.カタギの倫理が激突しているかのようで、私のセンチメンタリズムを強く刺激した。坪内散歩先生（東野英治郎）という知識人を配したのもよかった。

寅さんシリーズは、その後、何と四半世紀（全四十八作）にも及んで製作されて、国民的映画になったのだが……私は三作目あたりから首をかしげ、十六作目『葛飾立志篇』（七五年）でギブアップしてしまった。何だか、だんだん、寅がインサイダーになっていくようで。カタギに媚びていくようで。くすぐったい感じがしたのだ。やっぱり二作目の『続 男はつらいよ』（六九年）がベストでは？

最近フッと思ったのだけれど、『男はつらいよ』における柴又の町って、天皇制のミニチュアのようなものじゃない？　中心に御前様という「聖なるもの」がいる。父性を体現する人物がいる（しかも、それを演じているのが、あの笠智衆だ！）。その存在はインサイダーもアウトサイダーも隔てなく受け入れている。御前様を中心にした俗人たちの世界。

そういう求心的な構造になっていることも『男はつらいよ』の長期にわたる安定的

人気につながったような気がする。

GS花ざかり

グループサウンズ（GS）も百花繚乱。（以下、ザ〈THE〉を省略するが）タイガース、テンプターズをはじめ、スパイダース、ワイルドワンズ、ゴールデン・カップス、モップス、カーナビーツ、ジャガーズ、パープル・シャドウズ、オックス……。ロック寄りのグループもあればフォーク寄りのグループもあり、歌謡曲寄りのグループもあり……。ほんとうに多彩だった。

頂点に立っていたのはタイガースとテンプターズで、私は両方とも好きだった。タイガースは明治の、テンプターズは森永のテレビCMに登場。

テンプターズが出演したCMが凄かった。銀座四丁目交差点近くのビルの屋上に巨大な森永の地球儀がゆっくりと回転していて、その地球儀をぐるりと取り囲む輪っか状の物にテンプターズのメンバーが乗っている——という衝撃的なものだった。夜の銀座の風景が未来的というかSF的に見えた。興奮した。アイドルを使ったCMとしては空前絶後の大胆企画だったのでは？

私は横浜のオシャレな不良ムードのゴールデン・カップスと、赤松愛を擁するオックスも好きだった（ベッキーの「ゲス不倫」の相手である川谷絵音《えのん》を写真で見た時、あら、赤松愛に似ているじゃないの、と懐かしく思った）。

歌謡曲の世界では黛ジュン。前の年から六九年にかけて「恋のハレルヤ」「天使の誘惑」「雲にのりたい」と（私にとっては）名曲を連発。「恋のハレルヤ」の歌詞である「ハレルヤー　花が散っても　ハレルヤ　風のせいじゃない」（作詞・なかにし礼作曲・鈴木邦彦）は当時の私のテーマソングのようになっていた。私にとってはラブソングというよりも、「自立」の歌なのだった（その後、自身最大のヒット曲となった「夕月」には私は乗れず。しみじみ感が強すぎて）。

映画では一九三〇年代に実在した強盗コンビ、ボニーとクライドを主役にした『俺たちに明日はない』（フェイ・ダナウェイがカッコよかった〜！）、『卒業』（式場で花嫁をさらって逃げるラストが評判になったけれど、このパターン、三四年のフランク・キャプラ監督の『或る夜の出来事』に似ていた）など当時の若者に支持されたアメリカ映画はニューシネマと呼ばれた。

そうだ、どのタイミングだったか忘れたが、私は卒業するには単位が一つ足りないことに気づいて、あわてて追試験を受けたのだった。追試験の教室には顔なじみの学生運動のメンバーがいたので、苦笑し合った。

その中に村瀬春樹さんもいた。村上ではなく村瀬（村上春樹が早稲田の文学部に入学したのは、この六八年のことだった）。

村瀬さんとはちゃんと話したことはないのだけれど、学生会館でよく見かけた。目立っていた。早稲田の、特に政経学部の学生としては珍しく、風貌やファッションがシャレていたからだ。

どのサークルに属していたのか知らないが、卒業後、吉祥寺でライブハウス「ぐゎらん堂」を（大学時代からつきあっていた）パートナーの、ゆみこ・ながい・むらせ（夫婦別姓主義なのね、きっと）と共に設立、経営。七〇年代の若者たちにとっての人気店にした。

村瀬さんはみずから望んで主夫《ハウスハズバンド》になったらしい。八四年には『怪傑！ハウスハズバンド』（晶文社）という本を書きあげて、いわゆる「ニューファミリー」の先駆け的存在になった。

確か一九八九年のことだったと思う。参院選に「ちきゅうクラブ」という政治団体の人たち十人が立候補した。その立候補者の中に、ゆみこ・ながい・むらせという女の人がいたので、私はアッ、あの人だ、村瀬夫人だ、と思った。結局、全員が落選となった。

それにしても……「エコ」の人は、なぜ、ひらがなを偏愛するのだろう？　長年の謎だ。

というわけで、何とかギリギリ卒業できることになった。親に迷惑かけずにすんだ。ホッ。

卒業式の記憶はまったく無し。おぼえているのは、政経学部の大きめの教室に何十人かの学生が集まっていて、談笑している場面くらいのもの。私は新宿・伊勢丹で親が奮発して買ってくれた白のワンピースを着ていた。ちゃっかりと。当時、有名デザイナーだった伊藤すま子の高級既製服《プレタポルテ》。コートはやっぱり当時、人気があった「ミカレディ」のオレンジ色厚手ニット。

クラスメートの女子Sさんや、男子学生たちとしばらくオシャベリして……。記憶にある次の場面は、Sさんと高田馬場駅近くのレストラン「大都会」で食事をしている光景だ。珍しくワインか何か飲んだような気がする。

私もSさんも希望通りの就職はできなかったけれど、あんまり気にしていなかった。何とかなるだろうと楽観していた。まだ二十二歳だったのだもの。

大学四年間はこうして終わった。

後日談いくつか

社研同窓会

二〇一五年、五月。都内・五反田の居酒屋で「社研同窓会」が開かれた。店主夫婦は元・社研部員。集まったのは十二人。私より三学年くらい下の人が多く、なじみの無い人も三、四人。

それでも、元・部長で私が何かと頼りにしていた外池佑介さんや、面倒見がよく社研全体のお姉さん的存在だった植松己美子さん（同じ社研の後輩・鈴木芳夫君と結婚。夫婦揃っての参加）、「深夜のお散歩事件」のYさん（大学教授に。もはや私は尊敬している）、そして私に天下の奇書『ドグラ・マグラ』を貸してくれた坂入進君が出席していてくれたのが嬉しかった。会いたかったんだ、私。

実は「社研同窓会」自体は、これが初めてというのではない。二十年ほど前に一回、同窓会があったのだけれど、その日がちょうど私の父のお葬式ということになってしまい、その同窓会には参加できなかったのだ。だから今回が私にとっては初めての同窓会ということになった。大学卒業後、なんと四十六年ぶり。二十代から、いきなり六十代。若者から、いきなりジジババになっての再会。笑うよ、これ。

当然、容貌の変化激しく（もちろん私自身も）、最初はとまどったけれど、しばらくするとジワーッと若き日の懐かしい顔が浮かびあがってくる。嬉しい。

あの時代らしく、普通にサラリーマンになった人は、ごく少なかった（というより、ゼロだったかも）。外池さんと植松さんは教育学部で教職の資格を取っていて教師になったのだけれど、それは社研の中では例外のほう。肉体労働のアルバイトで喰いつなぎ、何年か前に起業した人とか、思い切って方向転換して医師になった人とか。会場となった居酒屋の店主S君も何年間か板前修業していたのだった。結構、多彩。学界に進んだ人は二人。

外池さんとは卒業後も何度か会っていた。外池一家といっしょにスキー旅行したことも。一貫して頼りになる穏やかな兄貴という感じ。

つい最近、外池さんから綺麗に装丁された小冊子が送られて来た。長寿で亡くなったお母さんの遺稿集（回想録＋短歌集）だった。外池さんはお母さんに生前、回想録を書くよう、すすめていて、それを立派な装丁で本にしていたのだった。

さっそく読んでみた。とても面白かった。お茶目で気丈な人柄が伝わってきて。外池さんはお母さんの葬儀の時、その遺稿集を記念として参列者に配ったという。心のこもった素敵な記念品だと思う。「親を葬《おく》る」ということ。それも人生のたいせつなつとめだなあ、人として——と、あらためて思った。満足がゆくように葬れなかった自分を、ちょっと恥じた。

その同窓会には、社研メンバーだったUさん（いい人なのだけれど、三十分以上しゃべり合うと私をイラつかせる男子）もI君（ハヤリモノの大好きな男子）も欠席。それがちょっと淋しかった。


何年か前、植松さん夫妻に招ばれて、駒込のお宅を訪ねたことがあった。二人は、在学中には特に関心を持ち合うこともなかったのだけれど、卒業後にバッタリ再会して、交際を深めていったらしい。ハキハキした美人の植松さんと、オットリした長身の鈴木君。いいカップルになっていた。私は……残念、社研の男子に心をときめかせることはなかったなぁ。

坂入君は髪は白くなっていたけれど、一目見て、坂入君とわかった。私は『ドグラ・マグラ』を貸してくれたことに関して、最大級の御礼を言いたかったのだ。同窓会の場で各自の「その後」についてのコメントが記載されている紙が配られたのだが、それによると坂入君は、

「一九六九年の夏、●この世は身も蓋もない場所である●二度と徒党は組まない――と決意して大学から去った」

「四十代半ばに医師からガンを宣告されたのだけれど、西洋医学の診断を受けずに、八カ月ほど長野の山奥で鍼《はり》の治療を受け『寛解』した」

という。

「骨の髄まで影響を受けた書物」として①ドグラ・マグラ（夢野久作）18歳、②イクストランへの旅（カルロス・カスタネダ）31歳、③アルクトゥールスへの旅（デイヴィッド・リンゼイ）33歳、④変身（カフカ）57歳――を挙げている。

ふうん、そうだったんだ……。それにしても18歳で『ドグラ・マグラ』に出会って

いたなんて。さぞかし強烈な刺激だったろう。

その同窓会では、ちょっと席が離れていて、坂入君とジックリ話すことができなかった。一番聞きたかったことを聞き忘れていた。それは、「どうして私に『ドグラ・マグラ』を貸してくれたんだろう？」ということ。

この原稿を書くにあたって、同窓会で渡された名簿を見て、坂入君に電話してみた。「中野さんが、よく部室で文学関係の話をしていたから」という答えが返ってきた。あら、そうだったかしらと軽く驚いた。マンガの話のほうが多かったように思っていたのだけれど。

数日後、坂入君は夢野久作（＝杉山泰道）関係の本を数冊、送ってくれた。話は長くなるけれど、夢野久作の一族って凄いのよ。父親の杉山茂丸というのが明治から大正を経て昭和初期まで、地元・福岡と東京を行き来して、政財界に強力な人脈を持ち、「政界の黒幕」と呼ばれた人物。夢野久作自身も作家であると同時に広大な農園を経営したり、謡曲喜多流の教授になったり、禅寺の僧侶になったり。さらに久作の息子（三人）のうち、長男・龍丸《たつまる》はインドの緑化に大きな貢献をして「グリーン・ファーザー」の名で尊敬されていたり、三男・参緑《さんろく》は思いっきり浮世離れした詩人だったり

（私はこの人が凄く好き）……とにかく杉山家の血の濃さに驚嘆させられた。

若き日の坂入君が、九州の現地まで飛んで行って親族に会ってみたりするほど、のめり込んだ気持も理解できる。『ドグラ・マグラ』は読者の人生を左右するような小説なのだった。


いい話があるんだ……


文研の土屋氏とは、長いつきあいになった。

同じ歳の文学部仏文科。留年もせずスムースに卒業できたのはよかったものの、就職には失敗したようだ。卒業後も喫茶店で会ったりしていたが、そのたびに「仕事」が変わっていた。

「いい話があるんだ」とばかり、共同馬主の話とか、（当時はやり始めていた）オシャレ用のカツラの話とか、アート雑誌創刊の話とか……。いろいろ持ちかけてきたのだけれど、結局ことごとく立ち消え、ということになるのだった。

私はその頃、英米のユーモア・ミステリというジャンルにのめり込み、アメリカのドナルド・E・ウェストレイクという人の〝ドートマンダー・シリーズ〟を愛読するようになっていたのだが、天才的犯罪プランナーであるドートマンダーに、いつも「いい話があるんだ」とばかり、もうけ話を持ちこみ、結局のところドートマンダーを災厄におとしいれる相棒ケルプのくだりを読むと、「土屋氏そっくり！」と噴き出してしまうのだった（ドートマンダー・シリーズは五作、映画化されている。代表作は『ホット・ロック』七一年。ドートマンダーを若き日のロバート・レッドフォードが、ケルプ役をジョージ・シーガルが演じた。面白いですよ、必見！）。

大丈夫かなあ、土屋氏……と少しばかり心配していたのだが……いつ頃だったろう、大阪に本社がある化粧品会社に就職し、大阪へ。マーケティングだか何だかで上京する時には会ったりしていた。

あれは何年前だったろう。土屋氏は文研の先輩の紹介で六本木の広告代理店に勤めるようになった。その頃にはもう結婚して、一人娘の父親になっていた。何とかなるもんですねえ……。

奥さんがアンティーク好きで、ネットでアンティークのアクセサリーやドレスの販売をしているというので、千葉のお宅に見に行った。私も昔からのアンティーク好きなので。とても感じのいい奥さんで、安心した。土屋氏は案外、強運の男だと思った。

それからさらに何年か経ち、映画の試写を観て、帰宅するために地下鉄に乗った時のこと。車内はそこそこ混んでいた。それでも私はうまい具合にシートに座れた。やがて大きめの駅に着いて、私の前に立っていた人たちが下車したので、向かいのシートにいる人が丸見えになった。私はビックリ！　なんと、まん前のシートに土屋氏が座っていたので。凄い偶然だった。

お互いに目くばせし合って、次の駅で下車。喫茶店へ。「驚いたねー」「驚いたよー」と。

ちょうどその頃から私はスマホを使うようになっていた。土屋氏とひんぱんにメールのやり取りをするようになった。土屋氏は信州人だからか、千葉の自然に魅入られていて、早朝散歩にはまっている様子。動植物に関して凄く詳しい。もともと「脱力系」の人だったせいか、リタイア生活を満喫しているようだ。

戦後最大の誤植事件？

さて、奇人登場!? 私と同じ歳の法学部学生で文研メンバーだった新崎智さん——のちの呉智英は、早大闘争でスト破りをしようとした運動部学生と乱闘して逮捕された。公判で有罪判決を受けたものの、処分は免れたようだ。

多くの左翼学生がそうであったように、新崎さんもマトモな就職はできず（せず？）、マンガ家・水木しげるのところで資料整理などの手伝いや夜警のアルバイトなどをしていたようだ。記憶はおぼろだが、卒業後、早稲田や御茶ノ水の雀荘で麻雀の相手をしてもらったことがある。その時、自分の腕時計を「おやじからもらったんだ」と自慢していたような気がする（つい最近、ある雑誌で彼が腕時計マニアだと知って、そう言えば……と思い出したのだ。お母さん嫌いでお父さん大好き、という変わり者）。

ペンネーム呉智英で『封建主義、その論理と情熱』（情報センター出版局）を刊行したのは一九八一年のことだった。読んでビックリ。いつのまに、こんな、意表をつくようなラジカルな〝思想家〟になっていたんだあ!? と。一九八八年には『バカにつける薬』（双葉社）も大ヒット。

たまにだが、会って雑談したりしていた。学生時代と違って、髪は短く刈られていて、だいぶ痩せて、肥満児の面影は消えていた。それでも声だけは相変わらずデカイのだ。喫茶店の中で「孔子はだなー！」とか「フランス革命ではなー！」とか、持ち前の大声で言うのだ。まわりの人は「エッ!?」という顔で見る。ちょっと恥ずかしい。でも、おかしい。

あれはいったい何年のことだったか。呉智英も私もライターとして、ちょっとばかり名前が知られるようになった頃のこと。

私はある新聞（図書新聞だったかな？）に頼まれて、読書日記のようなものを書いた。その中で「呉智英とは四年間、部室で一緒だった」と書いたのが「部屋」と誤植されてしまったのだ。「部屋で一緒」なんて、まるで同棲していたかのようじゃないか。ビックリ。それを目ざとく見つけたライターが、「漫画アクション」（だったと思う）に、「戦後最大の誤植事件」と面白おかしく書いたのだ。

私は憤懣《ふんまん》やるかたなかったのだが……私と呉智英の共通の友人であるイラストライターの南伸坊さんが「エッ、部室で同棲なんてスゴイじゃないの！」とわざと驚いてみせたので、つい笑ってしまった。

それはともかく。呉智英の数かずの著作を読み、啓蒙されること多々あり。私はリスペクトの念をこめてゴチエー先生と呼んでいる。先生はおおらかで無邪気ないい人です。第一、コンスタントに笑わせてくれる。学生時代からそうだった。

闘士たち

卒業して何年か経った頃、私はフリーのライターとして朝日新聞社の出版局に出入りするようになっていた。

同じフロアに早稲田時代のクラスメート丹野さんが社員としていたので（当時、「アサヒグラフ」担当だったかな?）、時どき雑談していた。ある時、私が何気なく「大口さん（早大全共闘議長、社青同解放派）とか今どうしているんだろう?」と言ったら、丹野さんは、「それがねえ」と笑って、「大口さんは早稲田を除籍になったあと、京大に入り直して弁護士になったんだよ。ある裁判の弁護で、ナポレオン法典から説き起こして、とうとうと論じ立てたので、裁判長も検事も、ほお〜っと聞き入ってしまった……という話だよ」と言うので、私は何だかとても嬉しくなって、「やっぱり大口さん、いいねえ」と笑った。

つい先日、スマホで大口さんを検索してみたら、顔写真があり、髪は白くなったもののあいかわらず精悍な顔だちなのだった。ネクタイはキュッとしめているけれど、シャツの袖は半袖だか、肘までまくりあげているのだか。そんな無造作な（少し野暮ったい）ところも、大口さんとなると、とても好もしく感じられるのだった。

　早大闘争ではナンバー2のごとき存在だったのが彦由常宏さん。大口さんと同じ政経学部だったけれど、セクトは違って革共同中核派だった。それでも大口さんも彦由さんも剣道が大好きということで、セクトを超えて親しくしていたらしい。

　彦由さんは闘争後、停学処分を受け、ＴＶの世界へ。ＴＶ番組制作会社の社長となって、社会派のドラマやドキュメンタリーを手がけた。一時、テレビ朝日の朝のワイドショーのキャスターもしていたというのだが、私は全然、知らなかった。一九九七年、五十二歳で亡くなったという。

　早大闘争のリーダーたちの中で強烈な印象だったのが、文学部革マル派だった高島さん。一八〇センチ以上ありそうな長身で、ユニークな顔だち。フランケンシュタインの

怪人を連想させるところから、フランケン高島と言われていた。のちに革マル派内での論争のあげく自殺してしまったという。容貌怪異な大男だっただけに、その繊細さに胸が痛む。

高島さんと同じ革マル派で政経学部のリーダーだった蓮見清一さんは、私より四歳上。一九六五年の章で書いたように（四五頁）トップ屋として活躍した後、宝島社の社長に。トップ屋時代の同業者には『突破者』の宮崎学もいた。

「（週刊現代時代のトップ屋仲間は）いずれも学生運動上がりの猛者《もさ》で仕事はできる人間がそろっていた。党派でいっても、日共、革マル、青解、中核、ブント、黒ヘル、アナーキストと各派そろっており、大東塾系の右翼もいた。社会的アウトサイダーの巣窟のようなものである」（『突破者』）

七〇年代前半の頃の話――。当時は週刊誌を作るほうにも読むほうにも、学生運動体験者が（今では考えられないくらい）多かったということだろう。

ちなみに、他の大学のリーダーたちの「その後」についても記しておきたい。

東大全共闘議長だった山本義隆さんは大阪出身で、理学部物理学科の大変な秀才だったようだ。一九四一年生まれというから、いわゆるベビーブーマーでも団塊世代でもない。そのちょっと上。入学後はベトナム反戦運動にかかわり、東大闘争の時には大学院生になっていた。一九六九年、安田講堂事件の前に警察から指名手配を受け、潜伏。半年ちょっと経った頃、日比谷での全国全共闘連合結成大会に姿を現し、逮捕された。東京拘置所から出所した後は、哲学および物理学関係の著作を、そして大学受験参考書などを次々と出版。俗世間のなりわいとしては、三十年以上、駿台予備校の講師を務めたという。原発反対の立場をとり、東日本大震災後には『原子・原子核・原子力──わたしが講義で伝えたかったこと』（岩波書店）を出版した。

日大全共闘議長だった秋田明大さんは一九四七年一月生まれ。広島出身。ベビーブーマー第一陣。大学二年の時に社研に所属したが、「マルクスもレーニンもかじっただけ」だったという。四年生の時（六八年）、全共闘議長に。九月、両国講堂に三万人（！）の学生を集め、日大トップ（会頭）を糾弾後、潜伏。翌年三月に逮捕された。その後は帰郷し、自動車整備工場を経営。

一九九四年に刊行された『全共闘白書』（新潮社）は文字通り全国の学生運動体験者へのアンケート集。その中で秋田明大はこんなふうに回答している。『あの時代に戻れたら』という問いには、「（闘争は）しない／アホらしい」。「運動を離れた主因」については「別にないが強いて言えば生活」。「運動による損害」については「有名になったこと」。「子供が学生運動に参加したら」については「反対する／身体に損傷を受ける場合がある」……というふうに回答している。他の問いに関しても「生活」という言葉が多用されている。年収は約二百万円だという。

立命館大学出身の人（匿名、四七年生まれ）はアンケートに答えていて、「日大全共闘の秋田明大が好きだった、尊敬していた。そのため、子どもに『明大』と名付けた。その子に私と全共闘運動とのかかわり、その中で秋田明大がいかに大きな役割を果たしたのか、などを話している」と記している。

ちなみに、早稲田大学にいた人たち二十六人も回答を寄せているが、圧倒的に「日の丸」「君が代」を認めないという人が多かった。日の丸のほうはデザイン的にすぐれていると擁護する人もわずかにいたが、君が代は一名（女性）をのぞいて全員批判。ただし、この項目に関しては無回答の人も。

余談になるが、この『全共闘白書』は私にとって、あんまり好もしい読みものではなかった。一番のポイントは、負けを認めていない人が多いところだった（だからこそアンケートに回答したのだろう。回答を拒否した多くの人びとの思いも察しなければならない。アンケートは四千九百六十二通発送され、回答を寄せたのは、わずかに五百二十六通だったというのだから）。

何しろ青春時代のことだから、全共闘運動を美化したいという気持はわかるけれど、それでも現実的に、醒めた眼で全共闘運動を見直せば、「負けた」としか思えないものだったのではないか？　あの運動の先にあったものは、世にもおぞましい「連合赤軍事件」だったのだから。

私自身は早大闘争の渦中でも（女ゆえに活動現場に踏み込みづらかったこともあり）いちずに「活動家」になれず、距離を置かざるを得なかったのだけれど、闘争の中で「大学解体」という言葉が出始めるようになった頃から、違和感や不安を感じずにはいられなかった。そんなふうに「ラジカル」になりきれない自分を恥じるような気持もあった。

立派な左翼になりたかったのに、イザとなると腰が引けてしまう自分を、どう正当化したらいいのかわからなかった。私にできることは「私を引きとめているものは何なのだろう？」と考えることだけだった。小市民的な家庭の幸せ？　直接的な暴力に対する恐怖や嫌悪？　大きな改革を怖れる、理屈抜きの保守性？　資本主義社会が提供する数かずの甘い誘惑（衣・食・住・芸術芸能娯楽の数かず）？

そんな疑問や迷いは、内心、大学卒業後にもボンヤリとではあったものの、ずうっと引きずっていて、自分でもエスケープしているという自覚があったから、連合赤軍の七二年二月の「あさま山荘事件」はまだしも、三月に発覚した「山岳ベース リンチ殺人事件」には決定的なショックを受けた。ハッキリと「負けた」と思った。私は連合赤軍とまったく無関係だったし、もし接点があったとしても彼らの仲間になることはなかったはずだ、という確信もあったのだけれど、なぜか「決定的に負けた」と思ったのだ。大きなククリで言えば、同じ左翼学生の一人として、そう思ったのだ。「大人たちに対して恥ずかしい」という気持もあった。

なぜ負けたのか？　どこがどう間違えていたのか？

考えてもすぐには答えは出なかった。私にできることは、実際に「世間」に出て、仕事を持って（スタートはアルバイト身分だったけれど）、のろのろと答えをみつけてゆく――ということだけだった。

『全共闘白書』の回答者の多くは、連赤事件に関してショックを感じているふうには思えなかった。違うセクトだから……というふうに割り切っているのかもしれない。

私には、そういう割り切りかたはできなかった。六〇年代後半の「若者たちの反乱」は、大きな構図で見れば、「戦争を知る大人たち」vs.「戦争を知らない子どもたち」の激突でもあったのだから。

『全共闘白書』で胸を打たれたのは、日大闘争の秋田明大の回答だ。「生活」とのたたかいに苦しみ、日大闘争に関して何の感傷も抱いていない。読んでいて辛かったけれど、その正直さは好ましいものだった。

さて、私自身は……。本文でも少し触れたように、卒業後は読売新聞社出版局図書編集部で雑用係のアルバイト。前任者は中卒で夜間高校に通学中という女の子だった。おもな業務は「お茶くみ」なのだが、これが案外、大変だった。図書編集部十三人くらいと、隣の校閲部十五人くらいに、朝と三時頃の二回、お茶を淹《い》れるのだった。給湯室は上の階にあった。湯のみ（三十個くらい）を入れたバスケットを抱えて、ガシガシと階段を上がって行って、湯のみを洗って、ガシガシと階段をおりる。これを一日二回。

原稿取りや届け物の仕事もあって、有名作家などに会えるのは、ちょっとうれしかったけれど、充実感とか達成感とかいうものは全くなかった。もちろん薄給。「あくまで一時しのぎの仕事だ」と割り切っていたものの、べつだん打つ手もない。横目でチラチラと編集の仕事というのはどういうものなのか？　と観察していただけ。

それでも編集部の中で、私のことを面白がって、ランチやお茶に誘ってくれるオジサンたち（というように見えた）もいた。たまにズルして、すぐそばの映画館「並木座」で古い映画を見てウサ晴らし。

高校時代からの親友K子とは、相変わらず頻繁に会っていて、グチリ合っていた。ある日、「主婦の友社が臨時採用をするという新聞広告が出ていたよ」と言われ、さっそくチェックして、試験を受けて合格。希望のセクションではなかったものの、マトモな社員としての月給（およびボーナス）が出るので、ひとまず安心した。両親もだいぶ安心したようだった。

主婦の友社では、同じ課のUさん（私より二歳下、女子美短大卒）と、隣の課のMさん（私と同い歳、慶應大学仏文科卒）とすぐに仲よくなった。三人で旅行したり、ディスコに行ったり、オシャレして越路吹雪のコンサートに行ったりして、けっこう楽しく過ごしていた。上司もいい人たちだった。給料も悪くなかった。

それでも仕事に関しては三人とも若干の不満を持っていて、Mさんは資生堂のPR誌「花椿」編集部に試験を受けて合格。スタイリストになった（何しろ、私と初めて会った時は、名乗る前に、いきなり私が着ていたシャツの襟のタグをつまんで、「ロペね」と言ったファッション好きだ。「ロペ」は当時大人気だったブランド）。スタイリストになって、まさに「水を得た魚」状態。

私もUさんも落ちつかなくなった。二年ちょっと勤めたあげく、私は思い切って辞めて、フリーのライターへの道を選択した。それからしばらくしてUさんも黒田征太郎さんと長友啓典さんのグラフィック・デザイン事務所「K2」へ。三人とも、それぞれ別の道を歩むようになったけれど、今でも仲よくしている。

私が一番のグズで、何をやりたいのかよくわからないまま、フリーのライターをやっていて、何とか自分のスタイルが見えてきたかなあ……と思った時は、大学を卒業してから十年以上の歳月が経っていた。日頃はセッカチのくせして根本がノンキというか、鈍感というか。

そうそう、もう一つ付け加えておきたい。この原稿を書いているさなか、古いスクラップ帳などを点検していたら、自分で書いたのにすっかり忘れていて、単行本にも収録していない一編のコラムがポロリと出てきた。

高校生の私にとっての、（大げさだけれど）一つのカルチャーショックについて書かれている。そうか、そうだったよね、その通りなんだよね……と思った。短い文章だけれど、今、つけ加える言葉は何もない。ここに再録させてもらおう。

「くわえタバコで……」

何げない言葉が、案外、心の奥深くまでしみこんでしまうことがある。時には人生を左右してしまうことがある。

私の場合は、「くわえタバコで皿洗い」。高校生のころに読んだ戸塚文子さんのエッセーの中に出てきた言葉だ。戸塚文子さんは雑誌「旅」の編集長で、エッセイストとしても有名だった。生涯独身だったと思う。気ままな一人暮らしについて語るくだりで「くわえタバコで皿洗い」という言葉が出て来たのだ。

と、こうして覚えているのだから、高校生だった私は何事か感じるものがあったのだろう。

二十九歳と十一カ月という意味ありげなタイミング（実はただの偶然）で、やっと一人暮らしができるようになった。場所は赤坂とはいえ、風呂なし・木造アパート・六畳一間だったけれど、うれしく、晴れがましかった。さっそく「くわえタバコで皿洗い」をやってみた。実際には快適なものではなく、熟練を要するようだった。すぐに、やめた。言葉だけが残った。時どき、楽しい歌のように、その言葉を思い浮かべた。

なぜ結婚しなかったのだろう。なぜ子どもを持たなかったのだろう。なぜ家族を作らなかったのだろう――。悩んだことはないが、不思議に思うことはある。平凡家庭で平凡に育ったのに、なぜ「一人」に執着するのか？

ただの偶然と思うが、ふと、必然という気もする。「くわえタバコで皿洗い」という言葉が、なぜか心の奥底まで達してしまったのだ。その言葉に無上の自由を夢みたりしているのか。一種のバカに違いない。

（コラムニスト）

（二〇〇四年四月二十日・朝日新聞「こころの風景」）

エピローグ　半世紀後の早稲田へ

二〇一六年十二月十五日。頬を撫でる風は冷たいものの、すっきりとした冬晴れ。早稲田大学を訪れてみることにした。入学時からすると（笑っちゃいけない）ほぼ半世紀ぶり！

私が三十年来、住んでいる所は、山手線で言うと、有楽町が一番近く、早大のある高田馬場はちょうどその対極にある（ほぼ半周したところ）。それで遠くにある感じがしていたのだけれど、地下鉄を使ったら、三十分で早稲田駅に着いてしまった。

地上に出ると、そこは文学部に近い所で、喫茶店病（大学時代に発症）の私は、すぐにお気に入りだった喫茶店「ジャルダン」を目で探したのだけれど、みつからず。外食チェーン店の「天丼てんや」というのが、どうやら「ジャルダン」の跡地のようだった。

交差点を右に折れて大隈講堂のほうへ。いきなり、ソバ屋の三朝庵《さんちょうあん》があった。ビルになっている。私は入ったことはないけれど、東海林さだおさん（一九三七年生まれ。一浪後、文学部露文科入学。創設されたばかりの漫画研究会に所属）も、つい最近、早稲田再訪の記を「オール讀物」に書いていらして、三朝庵健在を喜んで、こんな短歌（？）を詠んでいらっしゃるのだった（大尊敬しているので、つい、使い慣れない敬語に）。

漫コン（漫研のコンパ）の
三朝庵こそ恋しけれ
友の恋歌カツ丼のタクアン

ここで「友」と唱われている中には、マンガ家として大成した園山俊二さんや福地泡介さんもいたのだった。

さて。この通りには「キャビン」「モンシェリ」、さらに少し奥まったところに今や伝説的喫茶店となった「茶房　早稲田文庫」（異常にかっこいい和洋折衷の店だった）などがあったのだけれど、今は跡形も無い。在学中に入ったことがある喫茶店で唯一健在だったのは「高田牧舎」だけ。こちらはビルになっていた。昔はミルクホール風で、通りに面して、すりガラス風の窓があり、店内にいると、外を通る学生たちの姿が（ガラスの模様で）ボンヤリと屈折して見えたのを思い出す。雀荘もわずかに一店だけ（その後、廃業したようだ）。

大隈講堂前に出る、その手前に「社研」「文研」が入っていた学生会館があったのだが、今は三階建てのモダンなビルに変わっていた。出入口を見ると小野梓記念館とあった。「名前だけは聞いたことがあるな」程度の知識しか無かった（あとで調べたら、小野梓は法学者で、大隈重信の親友。早大設立に貢献した人だという。はい、存じ上げずに失礼しましたっ）。

昔はその学生会館に漫画研究会も落語研究会も映画研究会も入っていたように思う。「社研」「文研」があった四階では、確か、時どき尺八の音が聞こえてきたのだが……。私は案外、他のサークルについては無関心だったようだ。

そう言えば、学生会館のすぐそばにあったわりあい大きな書店も消えていた。喫茶店と書店の圧倒的減少……。

大隈講堂は一見したところ、昔どおり。時計塔が懐かしい。「社研」部室の窓から見えた。たぶん鐘の音も昔のままだろう。

大隈重信像への道はスロープになっていたが、昔は石段だったような気がする。大隈像を中心にして各学部の校舎が並んでいる。その配置自体は昔と変わらない。各校舎の正面入口には、わずかに昔のおもかげが感じられるけれど、目を上に向けると、後方は高層ビルになっているのだった。

この大隈像のすぐそばで、その昔は、民青系と反日共系の集会が、隣り合わせながら、しょっちゅう行なわれていたんだよねー。けっこう多くの学生たちが群がっていたんだよねー。声をからしての熱烈なアジ演説、活動家たちが配って回るガリ版刷りのアジ・ビラ、拍手、かけ声、シュプレヒコール、キャンパス内駆け足デモ……。

その光景を目の前の光景に重ね合わせてみようとしたけれど、うまくいかない。ちょうど授業中なのか、キャンパスには人影がまばら。静まり返っているのだ。

政経学部もビルになっていて昔の面影は無し。昔は、校舎出入口のベンチに革マル派リーダーの蓮見さんが待ち構えていてスターリン批判をとうとうと私に語っていた。私は頭の中グルグル状態で、ただもう圧倒されているだけだった……。

隣の商学部校舎の脇道を歩いていて、フッと妙な記憶が浮上してきた。

昔、その道を歩いていたら、突然、校舎の一階部分とおぼしき窓から女の人の「ギャー！」という悲鳴が聴こえたのだ。思わず足を止めて、その窓のほうを見た。向かい側から歩いてきた男子学生も同様に足を止めて窓のほうを見た。一秒の何分の一という感じで、私とその男子は目を見合わせた。その一秒後には、男子学生はダダッと駆け出して、校舎の中に入って行った。悲鳴の主を救出するために。私はしばらく胸がドキドキした。あれはいったい何だったんだろう。痴漢に襲われそうになったんだな、と推察していたのだけれど。白昼、大学の中で、というのがヘン。

各学部校舎、演劇博物館、図書館などを見て回る。あちこちで昔の友人たちのゴーストに出会う気分に。早稲田通りに通じる裏門へ。そこには、私が四年生だった冬にウェイトレスのアルバイトをした喫茶店（店名は忘れてしまった）があったのだけれど、案のじょう、今はなし。昔は、そのそばに「ライフ」という喫茶店があって、私はクラスメートの女子Sさんと何度か寄って、おもにマンガの話をしていた。店の人は私たちよりちょっと歳上といった感じの男の人で、私たちの会話を聞いていたらしく、「漫研ですか？」と声を掛けてきたことがあったっけ。その「ライフ」もなくなっていた。それから何軒か並んでいたはずの古書店も。

早稲田通りに出たので、また三朝庵のある横道に戻ることにした。コーヒーを呑んで一休みしたくなったのだ。

懐かしの喫茶店は全滅状態だったけれど、「ぷらんたん」という喫茶店は残っていた。初めて入る店。一階の窓際の席。窓の外をぼんやり眺めながらコーヒーを呑んでいると、ちょうど授業が終わったのだろう、ゾロゾロと通りを歩いている学生たちの姿が見えた。

冬服のせいか、男子も女子もファッションは地味目で、昔とあまり変わらない印象。いや、昔のように（ファッショナブルではないタイプの）長髪男子というのは全然いなくて、サッパリとカットした男の子たちばかり。さすがに今は清潔感と軽快感（ダウンとか防寒素材も進歩しているから）において勝《まさ》っているなあ、とも思った。

男子の約七、八割、女子の二割くらいはバックパック。このスタイルが定着したのは私の卒業後、七〇年代以降のことだろう。私の在学中の男子は教科書などはどうやって持っていたのかなあ。ナイロン製でジッパーの、ポケッタブルのバッグが普及していたから、それだったのかなあ。それとも革の書類カバン？　私はもっぱら厚手木綿のトートバッグ状のものを使っていたっけ。

隣の席でスパゲッティ・ナポリタンを食べていた男子学生が食後のコーヒーを呑み

ながら、団塊世代とおぼしき店主に「ここで十人くらいの集まりをしたいのだけれど、予算はいくらくらいと考えたらいいんですか？」と質問をしていた。

そのやりとりを聞いていて、店主は人柄のいい人というのがわかったので、私もつい口が軽くなった。レジで会計をすます時に「私はだいぶ昔の（笑）、卒業生なんですが、『キャビン』も『モンシェリ』も『茶房』もなくなっちゃったんですね」と話しかけると、店主は「そうなんですよ、八〇年代にね。ウチは、どうにか六十年くらいやってるんですが」という話だった。親の代からの店なのかな？　店主は「私も早稲田の卒業生なんですよ。理工学部だったから、校舎が離れていたんで、当時はこのあたりにはあんまり来なかった。だから当時のこのあたりの喫茶店には、あまりなじみがなかったんですよ」とも。

「ぷらんたん」を後にして、今度は大隈講堂の左脇の道へ。そこには何軒かの喫茶店があり、クラスメートの女子Sさんと何度か入った小さなホットドッグ店や、おむすび専門の店があったはずなのだが……まったく見当たらなくなってしまっていた。代わりに、突如として大型のパリ風（？）のカフェが一軒だけあった。

「社研」のYさんがウェイトレスのアルバイトをしていたジャズ喫茶「フォー・ビー

ト」も無くなっていた。

　もちろん安部球場もない。閉鎖されたのは八七年だったという。今は中央図書館、国際会議場になっている（今、フッと思い出した。小津安二郎監督の昭和四年の映画『学生ロマンス　若き日』は、ぐうたら学生二人を主人公にしたコメディだけれど、二人は早稲田の学生という設定らしく、ファーストシーンに「都の西北」とあり、空撮で安部球場と近くの学生下宿がチラッと出てくるんですよね）。


　とまあ、そういうわけで、①喫茶店と②書店および古書店（私の二大好物）の激しい減少ぶりにはガックリとなった（それから雀荘もね……）。何だか「学生街」ならではの雰囲気がなくなったかのようで。淋しい。

　なあんて思ってしまうのは、年輩者の陳腐で無責任な感傷というものなのだろう。今の学生たちもきっと、別の形で、別の流儀で、若いエネルギーを燃やしているのだろう。それがどういうものなのか、私にはわからないのだけれど。信じている。

あとがき

「早稲田の頃の話、書いてくださいよ」――と言われた時、私は一秒の何分の一というすばやさで「ムリ、ムリ、ムリ」と答えていた。

考えるまでもなかった。私はみずからすすんで恥をさらすような自虐趣味の持ち主ではないからだ。

ただ、すすめてくれたのが文春ＯＢのＨさんだったのが、ちょっと気になった。彼は私が長年信頼してきた優秀な編集者で、（質・量ともに）おそるべき読書家でもあるのだった。

「Ｈさんは私のどこを見込んで、そんなことを言ってくれたんだろう？」という疑問が残った。

それから一、二年後。ある集まりでＨさんと顔を合わせたら、やっぱり「早稲田の頃の話を……」と言う。私はまた一秒の何分の一というすばやさで「ムリ、ムリ、ムリ」と答えていた。

ほんとうにムリだと思っていた。気がすすまなかった。厭だった。

それなのにHさんの「早稲田の頃の話を……」という言葉は、おだやかな（？）水面に投げられた石のようになって、私の心に波紋を広げてしまっていたようだ。大学時代のことを思うことが多くなっていた。懐かしいというより、やっぱり、恥ずかしいという気持のほうが強かったけれど。

そうこうしているうちに同世代の友人たちの多くが、あいついでリタイア生活へと突入していった。バタバタバタバタと。「そうか、私たちベビーブーマーもそういう年頃になったのか」と、鈍感な私もさすがに身にしみるようになっていた。

戦後のベビーブームの中で生まれ、「現代っ子」「戦争を知らない子どもたち」「団塊世代」「全共闘世代」「怒れる若者たち」「フラワーチルドレン」「ニューファミリー」……などさまざまな言葉で語られてきた世代も、いつのまにか人生の最終コーナーへとさしかかっているのだった。ほんとうに、いつのまにか！

だから、ある日、文藝春秋の藤田淑子さんから「早稲田の頃の話、本にしましょう、書下ろしで！」と言われた時は、もう「ムリ」とは言い返せなかった。私のどこを見込んでそう言ってくれたのかはわからなかったけれど、何だか、運命（と書いて、さだめね）と思って受けとめた。長年信頼してきた藤田さんといっしょに本作りをしたい、という気持も強かった。

いざ原稿書きに取りかかってみたら、あまりに記憶がおぼろなので愕然となった。日記をつけていなかったり、写真もだいぶ散逸してしまっていたり。思い出の手がかりとなるものが少ないのだ。几帳面さというものに大幅に欠ける、自分の性格がつくづくうらめしかった。大事なことは忘れていて、どうでもいいことばかりおぼえている。

大学時代は毎日、早大近辺には通っていたものの、足を踏み入れるのは「教室1、部室5、喫茶店4」といった割合だった。ハッキリと不良学生。

世間知らずの私は、世間というものに大いに興味を持ちながら、同時に、ひどく怖れていた。大学四年間を「世間に出るまでの執行猶予期間」というふうに思っていた。

毎週末を使って、一冊分の書下ろしを仕上げるのに三カ月くらいかかってしまった。

書きながら、ハッと気がついた。大学の四年間というのは、よりにもよって、私の人生の中で最も思い出したくない日々だった――という事実に。

記憶を頼りに大学時代の自分と対面するのは面白くもあり、つらくもあり。記憶の中の私――はたちそこそこの私は、もはや奇妙な分身のようになって動き回っているのだった。あたかも自分の娘か孫かのような距離感で。その動きの一つ一つに、私は「エッ!?　そうきたか」とか、「アラッ!?　そこまでする!?」とか、「やめとけ、やめとけ」とか……いちいちツッコミを入れずにはいられないのだった。

何しろ半世紀も前の話。私の体の細胞もそうとう入れ替わっているはず。「旅の恥はかき捨て」という言葉もある。大学四年間の私の心の旅（っていう程のもんじゃないか？）を思い出せる限り、書きました……。と言いつつ、若き日の私の愚行の数かずは、時に生なましく、夜な夜な寝苦しい思いをした三カ月なのだった。ためになる話はほとんど無い。あの時代の空気が少しでも蘇れば……という気持で書きました。

カバーに佐々木マキさんの絵を使わせてもらえたのは、うれしいことでした。「ガロ」でのデビューは鮮明におぼえている。「いよいよ同世代の描き手が登場か！」と喜んだのだけれど、あとで知ったことだが、実際、同い歳なのだった。

藤田淑子さん、文春ＯＢの細井秀雄さんと平尾隆弘さん、そして土屋修身さん、ゴチエー先生の励ましに感謝しています。日々、すごい勢いで記憶が薄れてゆく中（忘却力がついた、とも言える）、書きとめておくことをすすめてくれて、ありがとう。

二〇一七年　桜の蕾がほころびはじめた頃

中野　翠

あのころ、早稲田で何してた？

呉智英 ゲスト × 中野翠

早稲田大学の同じ部室で
青春の日々を過ごしたふたり。
『あのころ、早稲田で』の
文庫化を記念して
夢の顔合わせが実現。
ゴチエー先生からは
危険な発言も飛び出して……。
さあ、お立ち合い！

呉智英（くれ・ともふさ）
1946年生まれ。早稲田大学法学部卒業。知識人論からマンガ評論まで幅広い分野で執筆活動を展開。『封建主義者かく語りき』『バカにつける薬』『現代人の論語』『吉本隆明という「共同幻想」』『つぎはぎ仏教入門』『マンガ狂につける薬二天一流篇』など多数の著書がある。

呉　今日のために中野先生の本を再読しましたよ。

中野　私、出かける前にパッとチェックしたくらい……。で、読み返してみたら、私、ほとんど内容を忘れてた。

呉　ニワトリみたいだなぁ（笑）。

中野　ほんとニワトリ状態なの。ああ、覚えているうちに書いといてよかったなって思った。当時、新崎さん……ゴチエー先生のいた「文学研究会」と私がいた「社会科学研究会」がひとつの部室を共有していて、そこで出会ったのよね。

呉　当時はサークルや部活がたくさんあっても、それを入れる箱がないから、月水金、火木土みたいに分けて……。

中野　そんなの決まってなかったでしょう。

呉　いや、決まってたはずだよ（笑）。中野さんにはじめて会ったのも、入学した年の四月か五月だった。

中野　ベビーブーマーだから人数も多くて、狭い部室なんだけど、顔を出せばいつも誰かがいたという感じでね。真ん中にテーブルがあって、左右の壁にそれぞれ社研と文研がメッセージや連絡事項を書いて貼ったりしてたんだけど、文研の壁は、みんな自分のセンスを競っていたふしがあってね。

呉　そういうのは俺は恥ずかしくてあまり思い出したくないんだけど（笑）。この本に登場する人たちは、イニシャルの人も含めてほとんど誰だかわかる。

中野　若いっていうのは恥ずかしいね（笑）。私も大学一、二年くらいまでは、真摯に、ひたむきに生きたいと思っていたんだけど、どんどん崩れていっちゃった。

呉　傍からはあんまりそうは見えなかったけどなぁ。

呉智英先生は美男子だったのか問題

――やはり同時期に早稲田に在籍していた宮崎学さんの著書『突破者《とっぱもの》』の中で、若き日の呉先生は「男も惚れる美男子」として登場します。一方、中野さんのこの本の中では「巨漢で茶色いコーデュロイのジャケットを着たテディベアのような青年」と描写

されており、だいぶ開きがあります。

中野　そう、『突破者』には「長髪の美男子」って書いてあるのよね。たしかに「長髪」は間違いなかった（笑）。でもお洒落な長髪というわけでもなかったよね。

呉　床屋に行くカネをケチっていたというのが真相なんだけどね（笑）。あの頃、欧米でも男の長髪が流行りだしていたけど、俺としては、明治大正期のバンカラで髪を伸ばしっぱなしという系譜のつもりだったんだよ。それにしても巨漢は言い過ぎじゃない？

中野　肥満児だったわよ。

呉　この半年くらい調子が悪かったから今は体重が少し減って、四十六キロ。この春くらいまでは五十

キロあったんだけど。学生時代は六十五キロくらいかな。

中野　えー、もっとあったんじゃないかな。もしかして私の記憶違い？

呉　あの頃から五十年経つから時代が違うけど、今、街で電車に乗ったり道を歩いたりしてると、俺は百七十一センチで、ごく平均的な日本人の身長なんだよね。だけど、あの時代は同年齢の中ではクラスで大きい方から数えて二番か三番くらいだった。

なんでこんな話をしたかというと、こんな本があってね（と鞄の中から岩波文庫『大隈重信自叙伝』を取り出す）。入学したときに、学部長か誰かが早稲田にはいったからには大隈先生の自叙伝を読め、とか言っちゃって分厚い大きな本を学生に勧めていて、当時はバカにして読まなかったわけ。

でも、明治の思想史を辿るにはやはり大隈は外せない人物で、一年くらい前にその分厚い本が文庫化されて、読んでみるとこれが無茶苦茶面白いんだ。文語文だからちょっと読みにくいんだけど。

中野　へえー。入学したころに勧められたのも覚えてない……。

大隈重信と福沢諭吉は大男同士で気が合った？

呉　早稲田と慶應ってライバルのように言われているけど、これを読むと実はそうでもないし、大隈先生と福沢諭吉先生には近いものがあって、仲もすごくよかったんだよ。早稲田というと、いつからかバンカラっていうイメージがついたけど、実際のところはふたりとも幕末の英学志向、イギリス志向なんだ、ドイツやフランスじゃなくて。大隈は佐賀の出身で、福沢は大阪で生まれるけど、一歳のときに大分に帰藩していてふたりとも九州の人間だし。
　それで、福沢は当時、大男と言われてたんだけど、それがちょうど今の俺の身長なんだよ。幕末から明治にかけては日本人の身長が一番低かった頃だったから。ところが、大隈はもっと大男で、当時で百八十くらいあった。

中野　初耳！
呉　おそらく大男同士で気が合ったんじゃないかなと俺は睨んでいるわけ（笑）。
中野　なるほど、さっきの身長の話はそこに行きつくわけね。

呉　当時は背が高いなんて今みたいに誉められたもんじゃなくて、半鐘泥棒《はんしょうどろぼう》（火の見櫓《やぐら》の半鐘を盗む者の意から背の高い人を嘲っていう語）なんて言われるくらいでさ。

中野　でも、大隈銅像はそんなに長身感は出てないわね。

呉　あれはもともと縮尺が大きくなっていてだね（笑）。

中野　比較する対象がないもんね。

呉　だからきっと半鐘泥棒同士みたいな感じでふたりは気が合ったんだと思うんだけど（笑）、実はふたりは思想的にも近い。福沢が慶應を設立したときも、大隈はすごくサポートしているんだ。大隈は条約改正問題で来島恒喜《くるしまつねき》に命を狙われて爆弾で片足を失くしているでしょう。大隈が売国奴でそれに来島が怒って、なんて言われたりすることもあるけど、まったく違う。大隈は自分なりに考えがあって、妥協点を見出して問題を解決しようとしたんだけど、理解されなかったということなんだよ。

それから、こんな本もあって……（ともう一冊文庫本を取り出す）。尾崎士郎の『早稲田大学』（岩波

現代文庫)。そもそも、俺にはもともと愛校心なんてなくて、最近になって、自叙伝を読んだりして、大隈先生、けっこう偉かったんだなと思って、少し愛校心らしきものがようやく芽生えたばかりなんだけど(笑)。

中野　ゴチエー先生、高校は名古屋の東海高校よね。

呉　今は医大予備校みたいになっていて医学部合格者数が日本一の高校なんだけど、当時は慶應と早稲田と名古屋大学に百人ずつくらい行っていて、早稲田は凡才、鈍才が行くところっていう位置づけだったわけ。俺も三十歳近くになるまであまり早稲田出身って言いたくなかったもん。

中野　えー、そうだったの?

呉　だから、大学に入って周りが早稲田の校歌なんかを嬉々として歌っているのが理解できなかったんだよね。なんでわざわざ自らの恥をさらしているのかと(笑)。

中野　生協や近くのテーラーで学帽を売ってたじゃない。学帽をかぶって登校するのは私も信じられなかったな(笑)。

呉　それどころかペナント、大学の旗も売っていたよね。大学にいるときには一度も校歌を歌ったことはなかった。そうそう、あの「都の西北〜」っていう校歌は、東儀《とうぎ》鉄笛《てってき》作曲ってなっているけど、最近は違うという説が出てきているんだよ。どうも東儀鉄笛がどこかで拾ってきた歌らしいとは言われていたんだけれど、長いあいだ出どころがわからなかった。それがどうやらアメリカの学生歌らしくて、もっと遡るとイギリスあたりの民謡か労働歌ではないかと。

作曲家の堀内敬三先生などに言わせると、「都の西北」は画期的な曲で、それはアメリカから来たというのもそうなんだけど、それまでの学生歌は音域が狭いし、詠嘆調だった。それが早稲田の校歌から日本の学生歌が変わって、アップダウンが激しくなり、リズミカルになっていく。そして、最後に大学名を連呼（笑）。あれもまた画期的だったんだ。

食わず嫌いだった『人生劇場』を読んでみたら……

中野　あのころは、一年ごとに時代の空気がどんどん変わっていって、私たちが入学したころには、まだぎりぎりバンカラがかっこいいみたいな空気も一部には残っていた。でも、二年目くらいからどんどんそういうのが駆逐されて、四年後にはすっかりいろいろなことが変わってた。

呉　中野先生のこの本を読むとそのあたりのことがよくわかるけど、要するに学生のメンタリティーが変わりだしたんですよ。入学したころは学生服で登校する学生が多くて、学生服で授業を受けないと教授に失礼だという雰囲気さえあった。

中野　みんな貧乏だったというのもあるよね。

呉　それもある。ところが二、三年して、一九六七年くらいからかな、学生がジーパンはいて授業を受けるようになってきた。それでも「授業にジーパンはいてくるなんてちょっと……」って眉をひそめる人もまだいて。

アメリカのヒッピー文化が一気に入ってきたんだね。

中野　それ以前からのアイビー・ファッションもね。あの四年間のファッションの変化はすごかったわね。さっきも言ったけど、長髪も流行りだしたし。

呉　俺はその流れとは違うと、もう一度ここで言っておくけどね（笑）。入学したときから長髪だったのに、ちょうどたまたま欧米のビートルズやらの長髪文化が入ってきてしまって……。

中野　時代が追いついてきた？（笑）

呉　いや、だから系統が違うから（笑）。さらに愛校心の問題で言うと、当時、『人生劇場』（作詞：佐藤惣之助　作曲：古賀政男）を学生が歌うでしょ。あれがものすごくイヤだったのよ（笑）。だいたい文法的におかしいじゃない、「やると思えばどこまでやるさ」って。「どこまでもやるさ」ならわかるけどさ。そういうのを平然と歌う神経が俺は許せなかった。

中野　あれ、早稲田に何か関係あるの？　村田英雄が歌ってたでしょう。

呉　!?　いや、違うんだよ……！　何にも知らんのだな〜、ほんとに。あれは尾崎士郎先生が『人生劇場』という自伝的小説を書いたわけですよ。主人公の青成瓢吉《あおなりひょうきち》が愛知の三河から上京して、早稲田大学に入学して、という話なんだけど、尾崎は青成瓢吉に自分自身を仮託しているわけ。俺たちが大学四年の頃、『人生劇場　飛車角《ひしゃかく》と吉良常《きらつね》』っていう映画にもなって、早稲田の近くの映画館でも大々的に看板を出して上映してたでしょ。

中野　それは覚えてる。鶴田浩二と藤純子が出ていたのを観たわよ。でも、早稲田がどうこうより、当時はヤクザ映画が流行っていたから、ヤクザ映画として観ていた気がするな。

呉　たしかに、飛車角と吉良常は侠客の話だからね。で、俺は『人生劇場』の泥臭いメンタリティーが苦手でずっと読まなかったの。でも、大学を卒業してしばらくしたころ、今の筑波大学、当時の東京教育大学を出た奴が「いや〜、『人生劇場』って面白いね」って言うわけよ。「えっ、あれ面白いの？」って聞いたら「お前、早稲田出て『人生劇場』読んでないの!?」と驚くもんだから、騙されたと思って読んでみたんだ。そしたら、これがめっぽう面白い。

中野　面白かったんだ（笑）。

呉　それで、この『早稲田大学』という文庫は、尾崎士郎が早稲田について書いた文章をまとめたもので、小説『人生劇場』と並行して書いた現実面の記録でもある。尾崎は昭和の初めごろの大学紛争で処分されて大学を中退しているのだけど、その頃の学生のストライキは理事同士の権力闘争が絡んでいて、戦後の左翼的な学生運動とは違うんだよね。でも結局、学生のやることはいつの時代も変わらないな、というのがよくわかる。

校風の嘘

呉　それから、いわゆる「校風」というのも曲者《くせもの》でね。俺たちが大学一年から二年にかけて百五十日間のストライキというのがあったでしょ。一九六五年の年末から始まって、一九六六年の夏まで続いたけれど、実は一九六五年の一月、つまり俺たちが大学に入る前に慶應でも大きなストライキがあったんだよ。

中野　ぜんぜん覚えてない。ちょうど受験の頃だったからかしらね。

呉　しかも、そのときに、慶應は日本で最初に校舎のバリケード封鎖をやってるんだ。それまでは、六〇年安保のときもバリケード封鎖はやってなくて、慶應が一番最初にやったわけ。

中野　あら、負けてるじゃない（笑）。

呉　負けたってアナタ……（笑）。慶應とバリケード封鎖ってあまりイメージが結びつかないかもしれないけど、世間でいう校風にも、かなり嘘があるんだよね。後でつくられたものがけっこうあるんですよ。

――今は早稲田も女子学生がすごく増えて「ワセジョ（早稲田の女子学生）」もお洒落な子が多いそうです。

呉　俺は法学部だけど、法学部や中野さんのいた政経学部は「男の学部」だったね。女子学生は文学部か教育学部。あの頃は「女子学生亡国論」なんていうのがあって、女は嫁入り道具として学歴をつけるだけだという……。

中野　女子大だったらいいのよね。

呉　女子大は最初からそれが目的だから。そういう風潮もちょうど変わりだす時期だったよね。中野さんのいた政経なんて女子学生は一学年に一桁程度、数えるくらいだった。それがちょうど進学率も男女ともに上がってきて。

中野　子供の数も少なくなっていったんじゃない？　それまでみたいに何人も産まなくなって。

呉　だから子供にカネをかけるんだよね。

毛糸のパンツをめぐる男女間の深い溝

中野　就職のときも大学の就職課にいったら、女子の求人がぜんぜんなくてびっくりして。

呉　ぜんぜんなかったよね。だから、進路を現実的に考えている女子は教育学部にいって教員免許を取っていたんだよ。

中野　そうか、そういうのもぜんぜん知らなかったから……。

呉　そう、中野さんは世間知らずのお嬢さんだったんですよ。それで、世間を知っているか、世間知らずかということでいえば、俺にとってこの本の中で一番面白かったのは……中野さんは嫌がると思うけど、毛糸のパンツ事件（笑）。

中野　やめてよー！

呉　ああ、俺はなんであの日、中野さんをラブホに

誘わなかったんだろうって。これは女にはわからないと思う。あのね、女はここぞというときには勝負パンツをはけばいいと思ってるでしょ。でも違うんだよ。

中野　はあ。

呉　その人の何か日常の裂け目みたいなものが垣間見えるところこそエロであって、「お、なんと毛糸のパンツではないか」という驚きに、一番胸がときめくんだよ（笑）。これが男と女のエロティシズムの差なんだな。

――中野さんがすごくイヤそうな顔をなさってますけど……。

呉　（ひるまずに）しかも母の手編みというところがなお良い！　グッとくるよね、これ。

中野　……。いや〜、そういうふうに読む人がいるなんて、思ってもみなかったな。意外な反応。

呉　いや、男はみんなそこ読んで「おおっ」と思うよ（笑）。以前から、評論家の〇〇〇〇先生と大学教授の△△△△先生が中野さんに執着していてさ。△△先生は、俺と対談したときに、テーマと関係ないのに中野、中野、中野……中野の話ばっかりでさ。中野に会いたいから紹介しろって言うわけ。俺は中野のヒモでもないし、女衒《ぜげん》でもないのに（笑）。

中野　初めて聞いたわ、そんな話。知らないよ、そんなの。

呉　彼らもこの本を読んだら、必ずや毛糸のパンツのところで「おっ」となると思うよ（断言）。まさしく膝を打つと思うね。

自分の中の「なんにもなさ」に気づかされた

中野　それはともかく、早稲田は大学が囲い込まれてなくて、町や商店街と地続きでオープンな感じはやっぱりよかったよね。

呉　それは俺も思うんだよね。最近も数年に一回は早稲田界隈にシンポジウムなんかで行くんだけど、学生街が出来上がっているのは面白いところだと思う。東大にも古本屋街なんかはあるけど、学生街がある大学って意外とないんだよ。

中野　教室の思い出はなくて、部室か喫茶店の記憶ばっかり（笑）。茶房　早稲田文庫、ジャルダン、あらえびす……。あの頃、ゴチエー先生と一緒に喫茶店にいると、この通り、声が大きくて通るでしょう。この声で「孔子がだな！」とか言うから、お店にいるお客さんがギョッとしてるわけよ（笑）。

呉　ぷらんたんっていう喫茶店もあったね。

中野　モンシェリとぷらんたんが並んでて、私はモンシェリの二階で早稲田小劇場の第一回公演を観たのよ。たまたま大学の校庭にビラが落ちていて、前の日が雨だったらしくて、地面に貼りついていて。チラシのイラストが横尾忠則ばりの雰囲気で、それで早速観にいったわけ。それが第一回公演の案内だったの。みんな自分の靴をビニール袋に入れて、ぺたんと床に座って観るんだけど、鶴屋南北の「桜姫東文章」にいろいろな要素をいれて再構築したものを白石加代子がやっていて、もうぶっ飛んでしまって。それからずっと追っかけて観ていたわね。

呉　ちょうどアングラも流行りだした時期だよね。

中野　教室にはぜんぜんいかなかったけど、そういうものに関してはガツガツしてたかな、と思う。後にいうサブカルチャー的なものに飢えていたし、そういう刺激をくれる人たちには恵まれていたな。その当時は、常にすごい倦怠感の中にいて、こんなに何にもしないでいいのかな、ってずっと思っていて……。

呉　倦怠感とはまた違うんじゃない？

中野　なんだろう、焦燥？「なんにもないじゃない、私」みたいな。

呉　むしろ焦燥だろうね。

中野　それは結局変わらないのよ。今でも。

呉　変わらないね。

中野　だから、大学の時に、自分の中の「なんにもなさ」に気づかされたっていう感じ。それを埋めるために、映画だの、本だのにすがっていたんだと思う。

マウンティング合戦と『ドグラ・マグラ』

呉　映画も今ではＤＶＤも借りられるし、ネットでも見られるけど、当時は新作以外にも名画座の類いがあちこちにあって、新旧作品どちらも映画館で観

られた。早稲田松竹なんかでも昔の名画をかけててね。

中野　まだ雑誌の「ぴあ」もないし、新聞の小さな広告や映画欄で面白そうな映画を見つけていたのよね。映画のためだけで三鷹とか高円寺まで行ったな。あと、部室で、この本にも出てくる石井君や小島さんやツチヤさんとかが面白かったって言っているのを小耳に挟んで観にいってみたり。

呉　ああ……、中野さんは今、懐かしき良き思い出のように語ってるけど、俺から見ればそれは彼らのマウンティング合戦なんだよ（笑）。たとえば男三人と中野さんがいたとして、男はお互いにマウンティングで「あの映画はよかったぜ」なんて話してるんだけど、中野さんはそれを見ながら「ああ、なんか面白そうな話してるな」って思ってたわけだよね。

中野　男の人は何人か集まると序列を競いたがるみたいだね。サルだね（笑）。

呉　それでも一応、大学という場においての知識人予備軍の集まりだから、そういう知識やセンスのマウンティング合戦になるのであって、また別の世界だったら「俺は入れ墨入れてるぞ」とか「バイクはナナハンだぜ」とかだったろうね（笑）。こちらは「文学研究会」だの「社会科学研究会」だのだったから……。

中野　否応なくセンスが問われる（笑）。

呉　当時、俺は黒澤明の『七人の侍』が好きだったんだけど、そう言うと一斉に嘲笑が起こるわけ。こっちも負けちゃいられないと思って、先輩に「じゃあ、どういう映画がいいんですか！」と言い返すと、「それは『真田風雲録』だよ」なんて言うわけさ（笑）。六〇年安保のパロディの映画なんだけど、こっちはそんなの知らないから「え？」って言うじゃない。すると待ち構えていたかのように「お前『真田風雲録』も知らないの!?」って。

中野　『真田風雲録』は面白かった。でも、そりゃやっぱり格が違うよね、『七人の侍』とは（笑）。

呉　文学の話をしているときは、「やっぱりドストエフスキーでしょ」って言えば勝てると思うと、「ドストエフスキーだってよ、コイツ」ってまた嘲笑される（笑）。「じゃあ先輩方は何がいいんですか」って憤然として聞くと、「それはやっぱり『ドグラ・マグラ』だよ」って言うわけだよ、これが。

中野　私も、大学四年生のときに、新入生の坂入君が「中野さん、これ読んでみる？」って貸してくれた本が『ドグラ・マグラ』で……。

呉　ポケミス版でしょ？

中野　もちろん、そう！　読んで、もうたまげた。

呉　うん。ショックだよね。

中野　あれから今に至るまで、あれだけの面白さと衝撃に出会ったことはない。

呉　俺はそれに関しては中野先生に大賛成で、『真田風雲録』に関してはハッタリのマウンティングだったんだけど（笑）、『ドグラ・マグラ』は違うんだよね。もともとは通俗小説と思われていたのが、一九七〇年前後に一気に夢野久作の作品が復刊されて再評価されて、今では完全に評価が定まっている。『ドグラ・マグラ』は中井英夫の『虚無への供物《くもつ》』、小栗虫太郎の『黒死館殺人事件』と並んで日本三大奇書のひとつと言われているけれど、あれは傑作。

中野　読んだことが「事件」っていう感じだったよね。

ひとつの時代の転換点

呉　この『あのころ、早稲田で』という本は、個人史であり、同時にその時代の文化史ともリンクしている。いつの時代にも文化史はあると言われるかもしれないけど、やっぱりこの時代はひとつの大きな転換点だった。そこが面白いんだよね。

中野　入学したときと卒業したときで空気が違ったもの。

呉　そうそう。

中野　身近なところでは大学紛争もあったけど、それだけじゃなくて、世の中全体がガラッと大きく変わった数年間だった。

呉　早稲田大学内の大隈通り、キャンパスのメインストリートがあるでしょ。大隈講堂を背にして階段があってキャンパスに入るところ。あそこはもともと門はなかったんだよ。俺たちが入学したときは、早稲田大学は開かれた大学だから門がない、って言われてた。だけど、学生がストライキで騒ぐもんだから、仮の柵みたいなものをつくって、それが次第に定着していく。

中野　うん、入学したころは門はなかったよね。

呉　それまでは夜でも自由に誰でも入れた。ガードマンなんていないんだもん。だから、戦前の尾崎士郎の頃のような牧歌的な騒ぎ方とは、質的に変わりだしたんだよね。
　でも、こういう大学闘争の話なんかも、五十年前の話だから、今の若い人には何のことやらわからないよね。五十年前っていったら、俺たちが一九七〇年頃に大学で騒いでいる頃に爺さんがきて「俺はロシア革命をこの目で見てるんだぞ。お前ら、ロシア革命のころはだな」っていう、そういう距離感だよね（笑）。ロシア革命は一九一七年だから。
中野　しかし若いっていうのはやっぱりすごいことだよね。若い頃覚えたことは忘れないし、感動したことも忘れない。
呉　俺なんか最近、本を買ってこれは面白いなぁと思って、本棚に「これは社会科学だから……」って分類して置こうとすると、同じ本をもう前に買ってるんだよ。しかも同じところに傍線をひいてるんだよね（笑）。
中野　あるある。ギョッとするよね。
呉　でも、この歳になっても恥ずかしながらまだ読んでない古典もあって、まだまだ読みたいものがたくさんあるね。

中野　古典は面白いよね。私もあれもこれも読みたい……そういうところはまだガツガツしてるのかな。変わったものもたくさんあるけど、やっぱり根っこのところはふたりとも変わらないね。

呉　うん。思い残すことはやっぱり中野さんの毛糸のパンツを見られなかったことかな（笑）。

〈終〉

単行本　二〇一七年四月　文藝春秋刊

DTP制作　理想社

文春文庫

あのころ、早稲田《わせだ》で

定価はカバーに表示してあります

2020年3月10日　第1刷

著　者　中《なか》 野《の》　翠《みどり》

発行者　花 田 朋 子

発行所　株式会社　文 藝 春 秋

東京都千代田区紀尾井町 3-23　〒102-8008
TEL　03・3265・1211(代)
文藝春秋ホームページ　http://www.bunshun.co.jp

落丁、乱丁本は、お手数ですが小社製作部宛お送り下さい。送料小社負担でお取替致します。

印刷・大日本印刷　製本・加藤製本

Printed in Japan
ISBN978-4-16-791465-3